쿠로이 저택엔 한사람이 살고 있다

글로벌콘텐츠램
한 사람

한 사람의 가치
전 세계인의 마음을 사로잡은 K-콘텐츠.
그 시작은 서로 다른 이름의 '한 사람'입니다.
한 사람의 비전과 한 사람의 열정, 그리고 한 사람의 노력.
조금 서툴러도 조금 투박해도 그 속에 담긴 가치를 발견하고
그 한 사람을 소중히 생각합니다.

우리의 가치
한 사람과 한 사람이 만나 또 하나의 '한 사람'이 됩니다.
중앙대학교 문예창작학과 콘텐츠 전공 석박사 재학생으로 구성된 〈한 사람〉은
드라마, 영화, 다큐, 애니메이션, 방송, 뮤지컬, 게임, 웹툰 등 다양한 장르의 문화콘텐츠를
기획하고 창작하고 비평하고 연구하고 있습니다.
글로벌 콘텐츠를 향한 특별한 의미와 특별한 의지로
문화예술의 새로운 지평을 엽니다.

세상의 가치
사랑은 함께 할수록 점점 더 커집니다.
스승은 제자를, 선배는 후배를, 나는 너를, 우리는 세상을, 오늘은 내일을, 사랑은 나눔을.
우리는 예술을 통해 보다 나은 세상 만들기를 꿈꾸는 사람들입니다.
'한 사람'의 가치 있는 콘텐츠로
나의 미래를 바꾸고
우리의 미래를 바꾸고
세상의 미래를 바꿉니다.

한 사람 시리즈 6

쿠로이 저택엔 한 사람이 살고 있다

서문

**사람들의 기억에서 사라지는 순간,
존재는 완전히 소멸한다**

　뮤지컬 〈쿠로이 저택엔 누가 살고 있을까〉는 1934년 일제강점기 속에서 버려진 저택 '쿠로이 저택'을 배경으로 한다. 이곳은 한때 화려했던 장소였지만, 이제는 누구도 찾지 않는 폐가가 되어버렸다. 그러나 여전히 머물러 있는 존재들이 있다. 바로 세상을 떠나지 못한 귀신들이다.

　이야기는 주인공 박해웅이 쿠로이 저택에 발을 들이면서 시작된다. 형을 잃고 희망 없이 살아가던 그는 쿠로이 저택에서 다양한 귀신들과 마주하고, 이 과정에서 삶과 죽음, 과거와 현재가 뒤엉키는 기묘한 사건들을 경험한다. 귀신들은 단순한 공포의 대상이 아니라 모두 한때 살아 있었던 사람들이며, 그들이 저택에 머무는 이유는 단순히 죽어서가 아니다. 바로 '망각' 때문이다.

　사람들의 기억에서 사라지는 순간, 존재는 완전히 소멸한다.

존재의 진정한 죽음은 육체의 소멸이 아니라 기억에서 완전히 사라짐을 의미한다. 아무도 기억하지 않는 순간, 존재는 의미를 잃는다. "역사 속에서 기억되지 못한 이들은 어디로 가는가?" 기억과 망각이 교차하는 장소로서 '쿠로이 저택'은 일제 강점기 시대 속에서 역사에 기록되지 못한 사람들의 삶을 통해 우리가 반드시 기억해야 할 가치들을 되새기게 한다.

지금 이 순간 우리는 무엇을 잃어버린 것일까. 우리는 누구를 잊고 있는 것일까.

역사가 되지 못한 역사, 역사의 잃어버린 기억을 찾아서 뮤지컬 〈쿠로이 저택엔 누가 살고 있을까〉는 삶과 죽음을, 현실과 환상을 넘나들며 우리가 잃어버린 이름을 하나씩 부른다. 그리고 그들의 얼굴을 우리 앞으로 소환해낸다. 그렇게 1934년 그들이 꿈꾸었던 대한민국의 '미래'를 2025년 지금 여기의 '오늘'로 이끈다.

그들의 헌신과 믿음으로 이루어진 우리의 '평범한 하루'로.

역사 '밖'에서 시작한 우리의 여정은 무대 '밖'으로 이어진다.

한 편의 뮤지컬이 무대에 올라가기까지 많은 사람과 많은 마음이 모여 무대 '밖'의 역사가 만들어진다.

표상아 작가, 안영수 대표, 신동은 프로듀서, 권혜진 제작감독, 김보영 음악 감독, 노주연 소품 디자이너, 김미정 의상 디자이너, 권지휘 음향 디자이너…. 무대의 '밖'에 머물며 침묵으로 보이지 않는 무대의 시간을 탄생시킨 사람들.

정욱진 배우, 홍나현 배우, 유성재 배우, 김지훈 배우, 황두현 배우, 이아름솔 배우, 한보라 배우, 원종환 배우, 김남호 배우, 최민우 배우… 나의 '밖'에 머물며 세상에 없는 타인의 삶을 기어코 완성해낸 사람들.

스스로 '밖'에 머물기를 선택하고 '지워짐'의 길을 걸어간 그들이 존재했기에 뮤지컬 〈쿠로이 저택엔 누가 살고 있을까〉는 비로소 존재할 수 있었다. 쿠로이 저택은 우리가 기억해야 할 누군가의 마음이며 우리가 지켜내야 할 누군가의 역사다.

인터뷰집 〈쿠로이 저택엔 한사람이 살고 있다〉는 한사람 한사람 '밖'에 있는 그들의 이름을 부르고 그들의 시간을 기록하겠다는 작은 애틋함으로 시작되었다. 부디 스무 편의 글이 우리 '밖'에 머물고 있는 세상의 모든 '한사람'들에게 관심을 갖게 되는 계기가 되었으면 좋겠다. 나와 당신, 우리가 있는 한, 그들은 절대 사라지지 않는다.

— 글 '밖'에서 김민정

목차

제작진

15	"두려운 건 과한 것" — 영상 디자이너 김성철 _ 김남훈
25	"돋보이기보다는 어우러지도록, 종이 한 장에도 이유가 있다" — 소품 디자이너 노주연 _ 김은정
37	"지금도 여전히, 내가 시작하고 내가 끝낸다는 마음" — 무대 감독 이종우 _ 성승환
47	"미싱 링크" — 작가 표상아 _ 요안나
57	"사랑하지 못할 건 없다는 마음으로, 어쨌든 뭐 하는 사람!" — 프로듀서 신동은 _ 이서현
67	"우리 가위바위보 할까요?" — 대표 안영수 _ 이지우
77	"모두의 약속이 안전히 이행되도록" — 제작 감독 권혜진 _ 이지혁
87	"무대에서 한계를 두지 마세요. 안 되는 건 없어요!" — 의상 디자이너 김미정 _ 장유슬
97	"내가 가는 길이 맞다는 확신" — 작곡·음악 감독 김보영 _ 전혜린
107	"Life is being, 그 공간에 있어야 할 것들이 그대로 존재하는 것" — 음향 디자이너 권지휘 _ 정찬영
119	"집이 똑바로 있으면 재미가 없잖아요" — 무대 디자이너 이은경 _ 최다정

배우

131 "제가 너무 교과서적인가요?"
— 배우 유성재 _ 고지민

141 "아직도 그냥 과정이라는 생각밖에 안 들어요."
— 배우 최민우 _ 김채린

153 "연기라는 게 누군가의 삶을 사는 거잖아요.
삶이란 뭐라고 생각하세요?"
— 배우 정욱진 _ 김희원

163 "진심이 보여야 해요."
— 배우 송나영 _ 서민아

173 "캐릭터가 될 만큼 빙의돼야 해요."
— 배우 무현 _ 유재영

185 "배우가 힘들어야 관객이 재밌거든요."
— 배우 원종환 _ 이수빈

197 "〈쿠로이〉는 두 번째 집."
— 배우 김지훈 _ 이희빈

207 "어쩐지 쿠로이 저택은 진짜로 어딘가에 존재할 것만 같은
느낌이 들었어요."
— 배우 한보라, 이아름솔 _ 천희진

219 "안녕, 난 될 일이야!"
— 배우 홍나현 _ 최예림

229 "다 할 수 있어요. 전 그렇게 생각해요."
— 배우 황두현 _ 홍다원

일러두기
- 뮤지컬 〈쿠로이 저택엔 누가 살고 있을까?〉는 〈쿠로이〉로 축약하여 표기함
- 인터뷰이 프로필은 본인이 직접 작성하였음

제작진

"두려운 건 과한 것"
_ 영상 디자이너 김성철

김남훈

김남훈 인터뷰어
장편 다큐멘터리 〈길위에 김대중〉 조감독과 단편영화 〈한대만〉 미술감독으로 참여했다. 연세대학교에서 문화인류학을 전공했고, 중앙대학교 문예창작학과 석사과정에 재학 중이다. 픽션과 논픽션의 경계에서 좋은 글이 무엇인지 탐구하고 있다.

김성철 인터뷰이
김성철은 한국예술종합학교 연극원 무대미술과 무대미술전공을 졸업한 영상 디자이너다. 연극과 뮤지컬, 기업 및 관공서의 Main Show 같은 다양한 분야의 영상을 디자인했다. 대표작으로는 뮤지컬 〈트레이스 유〉, 연극 〈환상동화〉, 뮤지컬 〈웨스턴 스토리〉, 뮤지컬 〈쿠로이 저택엔 누가 살고 있을까?〉 등이 있다. 2021년부터 중앙대학교 공간연출과에서 출강하며 학생들을 가르치기도 한다.

"두려운 건 과한 것"
영상 디자이너 김성철

김남훈

무대 2층 중앙에 위치한 커다란 하얀색 스크린. 스크린은 〈쿠로이〉만의 정체성이자 중요한 무대 구성이다. 주변이 어두워지고 뮤지컬이 시작하면 배우들은 열연을 펼치고 공들인 무대와 소품은 각자의 위치에서 빛나는 와중, 스크린에 귀신들이 등장한다. 단 두 번 등장이지만, 귀신들의 등장은 분위기를 환기하며 뮤지컬의 매력을 한층 더해준다. 관객의 시선을 집중시키는 스크린은 김성철 영상 디자이너의 작품이다. 〈쿠로이〉의 영상 디자인에는 그의 손길이 묻어있다. 불타는 저택의 구현, 문이 흔들리는 표현 모두 영상으로 만들어낸 움직임들이다.

'영상'은 어떠한 방식으로든 사람들과 연결된다. 영상은 셀 수 없이 많은 곳에서 다채로운 방식으로 활용되고 영향력을 행사한다. 영화, 드라마는 물론이고 손 안의 스마트폰, 심지어는 건물 거대한 외벽에 설치된 거대한 스크린까지, 영상은 입을 떡 벌어지게 만든다. 무대에서의 영상은 더욱 창의적으로 활용된다. 무대 위의 영상은 조명과 합을 맞추어 불가능으로 보이는 것들을 현실로 만들어낸다. 현대에는 과거의 조명과 소품만으로는 불가능했던 공간과 움직임을 창조해 내기도 한다. 〈쿠로이〉에 적재적소에 등장하는 영상의 매력은 뮤지컬을 관람한 관객들 모두 동의할 것이다. 영상은 뮤지컬이 진행되는 소극장이라는 공간적 제약을 뛰어넘게 만들고 극에 활력을 입힌다.

김성철은 한국예술종합학교 연극원에서 무대 미술과 조명 디자인을 공부했다. 그가 처음으로 무대에서 영상을 활용한 것은 무용단의 공연이었다. 무용수들이 춤추는 무대에 위치한 스크린을 효과적으로 활용하는 방법을 고민하다가 영상을 택했다. 실시간으로 바뀌는 스크린 배경이 관객의 입장에서 흥미를 느낄 수 있다는 생각이 들었던 것이 영상 디자이너로서 첫발을 내딛는 순간이었다. 당시에는 생소한 분야였던 영상 디자인이었지만 그는 자신이 만든 것이 그대로 투사되어 표현된다는 점에서 낯선 방식에 도전했다. 또한 그의 영상 디자인은 뮤지컬에만 국한된 것이 아니다. 국립 현대무용단 등 현재까지도 다양한 단체와 협업하며 자신의 세계에 한계를 굿지 않고 끊임없이 도전하고 있다.

뮤지컬에서 영상 디자인은 결코 홀로 존재할 수 없다. 무대와 조명과 하나의 호흡 안에 이루어져야만 관객은 뮤지컬에 오롯이 몰입하여 관람할 수 있다. 당연히 무대 디자이너와 조명 디자이너와의 소통이 중요하다. 〈쿠로이〉에서 김성철은 이미 몇 번 호흡을 맞춰본 이은경 무대 디자이너, 대학부터 친구인 백시원 조명 디자이너와 함께했다. 시작은 무대 디자이너의 작은 요구였다. 소극장이라는 작은 무대를 완벽하게 활용하기 위해 벽의 텍스쳐 변화가 필요하다는 것이었다. 김성철은 영상으로 답을 찾았다. 무대 벽의 다양한 텍스쳐 변화를 표현할 방안을 마련한 것이다. 그리고 조명 디자이너는 영상으로 벽이 잘 표현될 수 있도록 벽 쪽의 조명을 조정했다. 설명을 듣는 것만으로 물 흐르듯 손발이 맞는 3명의 소통 과정이 머릿속에 그려졌다.

"제가 쿠로이를 정말 사랑하는 이유 중에 하나가 모든 스탭분들이 어떠한 언쟁 없이 합의된 이 짧은 시간에 집중을 다 같이 해서 밀도 있게 만든 것 같아요. 오랫동안 작업했던 분들이니까."

〈쿠로이〉는 빡빡한 일정 속에서 이루어졌지만 합이 잘 맞는 제작진 덕분에 완벽하게 준비할 수 있었다. 크로마키 촬영

(스크린에 등장하는 귀신 촬영) 때문에 의상과 분장이 뮤지컬 첫 공연보다 먼저 필요한 상황. 이를 위해 의상 팀이 신속하게 힘을 써서 다행히도 리허설을 위해 사전에 영상이 만들어질 수 있었다. 함께 〈쿠로이〉를 작업한 스탭들에 대한 계속되는 상찬은 그 역시 얼마나 작품에 애정과 열정을 쏟았는지 말해준다.

〈쿠로이〉의 영상 디자인은 무대 안에서만 효과를 만들지 않는다. 〈쿠로이〉는 한정된 수의 배우가 여러 역할을 맡는 방식으로 진행된다. 따라서 배우는 무대 뒤에서 재빠르게 옷을 갈아입고 새로운 역할을 수행해야 된다. 더구나 〈쿠로이〉의 진행 템포는 무척 빠르다. 이러한 뮤지컬의 특성상, 배우들과 스탭들은 시간에 쫓길 수밖에 없다. 이러한 핸디캡을 극복하고자 김동연 연출과 김성철 디자이너는 논의 끝에 2층에 스크린을 설치했다. 아직 대중화되지 않은, 스크린에 빛을 쏘아 만든 홀로그램으로 귀신들을 등장시키면 자연스럽게 무대 중앙으로 관객의 시선을 끌어 시간을 벌 수 있을 것이라는 계산이 나왔다. 결과적으로 스크린에 나타난 귀신들은 관객의 지루함을 없애는 동시에 의상을 갈아입을 시간을 벌 수 있는 신의 한 수가 되었다.

"저는 한 파트(영상 디자인)을 맡고 있음에도 불구하고, 공연 전체의 감정선, 배우의 감정선을 따라가는 걸 굉장히 중요하게 생각해요. 좀 부족하면 배우님이 채우면 돼요. 또는 의상이 커버하든가. 하지만 과하면 설득이 안 돼요. 집중이 끊기는 순간 망한다는 게 제 마음 속에 있기 때문에. 제일 두려운 건 과한 거예요."

그는 영상으로 무대를 장악하며 화려함을 과시하는 예술가가 아니다. 관객은 무대 위의 영상만을 보러 오는 것이 아니라 무대의 모든 요소가 조화롭게 하나가 되는 뮤지컬을 만나러 온다는 것을 안다. 그는 반복적으로 전체를 강조했다. 영상 디자인은 전체에서 튀어서는 안 된다는 의미이다. 뮤지컬이 끝나고 영상미가 멋있다는 칭찬이 마냥 좋게만은 들리지 않는 이유다. 배우 혼자서 열연을 펼쳐서, 또는 조명이 도와준다고 문제는 해결되지 않는다. 배우가 살리고자 하는 감정선, 혹은 강조하고 싶은 부분을 영상으로 보완하여 더 나은 전체를 이뤄내는 것이 그가 생각하는 좋은 작업이다.

그의 영상 디자인에 관한 뚜렷한 가치관을 보여주는 일화가 있다. 〈쿠로이〉에는 스크린에 귀신이 등장하는 장면이 원래 세 번 있었다고 한다. 사라진 하나의 영상은 배우들이 넘버 '벗겨' 부를 때 나오는 것으로 예정되어 있었다. 리허설 때 틀었는데 모두가 자지러지며 웃을 정도로 반응이 좋았다. 모두가 영상을 보며 깔깔대고 있는데, 연출과 김성철은 웃을 수 없었다. 1층의 배우들은 열연을 펼치고 있는데, 모두 2층의 스크린만 보고 있었기 때문이다. 연기를 하는 배우에게 시선이 집중되지 않고 무대의 스크린에만 집중되는 모습을 본 연출이 김성철에게 넌지시 물었다. 전체를 위해서 영상을 빼도 되냐고. 그는 아쉬운 감정이 들었지만, 옳은 결정에 공감했다. 그는 영상 때문에 배우가 묻히는 것만은 꼭 피하고 싶었다고 말한다. 완벽한 전체를 위해서 부분을 조정해야 하는 것은 필수적인 절차이다. 그래서일까, 3연이 끝난 〈쿠로이〉에서 바꾸고 싶은 점이 있냐는 질문에 그는 이렇게 답했다.

"쿠로이 저택은 균형이 잡혔어요. 어떤 파트에서 부족함이 있다는 생각이 있어도 그걸 쉽사리 건들 수 없는 이미 균형이 잡힌 상태인 것이죠."

하나가 튀면 전체가 망할 수 있다는 그의 가치관이 잘 드러나는 말이다. '부분'을 담당하지만, 시종일관 '전체'를 이야기하는 그의 태도를 통해서 '창작자의 협동'에 생각해 볼 수 있었다. 영화(예술)를 만드는 과정 혹은 모든 협동 과정에서 혼자 모든 부분을 잘 해낼 수는 없다. 협동이라는 마법은 좋은 작품을 만들기 위해 필수적이다. 감독이나 연출이 다른 파트에 비해서 '전체'를 더 고려해야 하지만, 결국 그들도 '부분' 중 하나이다. 자신이 어떤 위치이건, '부분'과 '전체' 어느 하나 간과하지 않고 노력을 기울여야 좋은 결과를 얻을 수 있다. 한 명의 영상 창작자로서, 그리고 협동의 가치를 중요시하는 작가로서 '부분'과 '전체'를 같이 생각하는 그의 태도는 오랫동안 기억될 것이다.

> "돋보이기보다는 어우러지도록,
> 종이 한 장에도 이유가 있다"
> _ 소품 디자이너 노주연

김은정

김은정 인터뷰어
에디터로 일하면서 10년간 어린이들에게 문학을 가르치고, 영화 매거진에서 영화와 관련된 글을 쓴다. 서울국제어린이영화제, 서울국제여성영화제, DMZ국제다큐멘터리영화제 등에서 기자로 활동했다. 이것저것 그때그때 재미있는 일을 하는 와중에 웹소설을 4종 출간했다.

노주연 인터뷰이
공간 연출, 무대디자인을 전공했으며, 제작소에서 작화 작업을 했다. 소극장 공연 무대와 소품 디자인을 거쳐 연극 〈바냐와 소냐와 마샤와 스파이크〉, 뮤지컬 〈황태자 루돌프〉를 기점으로 본격적으로 소품으로 밥벌이를 하기 시작했다. 현재 다수의 작품에 소품 디자이너로 참여하고 있다.

"돋보이기보다는 어우러지도록,
종이 한 장에도 이유가 있다"
소품 디자이너 노주연

김은정

귀신 이야기는 귀신 들린 물건에서 시작된다. 망자가 애착을 가지던 물건에 원념이 깃들고, 산 자가 그 물건에 손을 대는 순간 비로소 귀신 이야기는 생명력을 갖는다. '쿠로이 저택'의 지박령 '옥희'와 귀신들은 해웅이 그들의 물건을 만졌을 때 확신한다. 드디어 대화가 되는 사람을 만났다고.

산 자와 죽은 자를 연결하는 매개는 물건이다. 무형의 귀신은 유형의 물건을 통해서만 산 자와 접촉할 수 있기 때문이다. 그렇기에 저택에 살던 귀신들은 '해웅'의 물건을 뺏는 방식으로 그를 묶어 둔다. 산 자 역시 물건을 통해서만 죽은 자를 만날 수 있다. 형을 잃은 해웅에게 유일하게 남은 형의 흔적은 자신에게 남긴 회중시계뿐이다. 형의 무덤에 회중시계를 묻어 주고 멀리 떠날 작정이었던 해웅이 쿠로이 저택에 도달한 것은 결코 우연이 아니다.

한낱 무기물에 불과한 물건에 감정과 기억이 덧붙여질 때 물건에는 힘이 생긴다. 해웅의 시계와 가방은 형과의 기억을, 저택에 놓인 오브제들은 옥희의 기억을 품고 있다. 실체가 없는 귀신의 목소리가 실체가 있는 물건에 담김으로써 결국 물건들은 옥희의 삶과 해웅과 형의 삶을 대변한다. 그리고 풍금, 악보, 수리공, 회중시계 등 무대 위의 물건들이 만드는 연결고리는 해웅이 쿠로이 저택으로 온 까닭을 필연으로 만드는 장치로 기능한다.

그러므로 우리는 귀신들이 사는 쿠로이 저택의 물건에 관하여 이야기해야 한다. 귀신과 사람, 과거와 현재, 배우와 관객 사이를 잇는 소품 말이다. 노주연 소품디자이너는 〈쿠로이〉의 소품이 작품에서 힘을 발휘하도록 기획하고 디자인했다.

> "〈쿠로이〉는 코미디라는 장르 안에서 소품이 어떤 역할을 해야 하는지를 생각하게 했던 작품이었어요. 보기 좋고 예쁘고 멋진 소품도 중요하지만, 장식에 집중하는 게 아니라 코미디적인 분위기를 극대화할 수 있는 소품 위주로 썼습니다. 저희끼리는 '개콘 소품팀' 같다고도 이야기했어요."

귀신 들렸다고 소문이 난 쿠로이 저택에 용하다는 방울도사가 찾아온다. 방울도사는 귀신을 만나 제발 나가라고 설득이든 협박이든 해서 신력을 증명해야만 하는 상황이다. 이때 버블봉은 방울도사의 접신을 알리는 장치다. 방울도사는 신나게 버블봉을 흔들고, 귀신도 없는 곳에 서서 귀신과 대화하는 척을 한다. 관객들은 접신도 제대로 하지 못했으면서 비눗방울을 터뜨리는 방울도사를 보며 웃는다.

코미디 장르에서 소품의 미덕은 적재적소에서, 정확한 타이밍에서 터져 주는 것이다. 소품 하나만으로도 작품의 정체성은 분명해진다. 아, 이 뮤지컬 꽤 웃기겠구나!

"기존에 쓰던 소품을 재활용거나 사입한 소품을 그대로 쓰지는 않았어요. 소품마다 그 시대를 반영해야 하고, 공간에 맞춰서 새로 디자인해 만든 오브제가 많았습니다. 거의 제작이 필요한 소품들이었어요."

관객의 기대에 부응하듯 작품은 코미디의 흐름을 따라간다. 저택에 사는 귀신들은 전혀 위협적이지 않고, 해웅이 저택을 탈출할 길은 요원하다. 떠나고 싶은 이는 떠날 수가 없고, 들어오고 싶은 이는 들어오지 못하는 아이러니한 공간, 이 아이러니의 틈을 비집고 유머가 튀어 나온다. 말 그대로 '개그콘서트'를 방불케 하는 애드리브에 맞추어 소품디자이너도 부지런히 소품을 제작했다.

익숙한 소품만으로는 웃음을 이끌어낼 수 없다. 풍금 위 제비꽃 다롱디리 화병, 테이블 위 기폭 장치 같은 것들까지도 디자이너의 스케치가 필요했다. 소품디자이너는 장면이 어떤 방향으로 흘러가고 있는지, 무엇이 필요한지를 재빠르게 캐치해야만 한다. 그런 의미에서 노주연에게도 창작극인 〈쿠로이〉는 어려운 작업이었다. 매 장면마다 디테일과 신선함이 예상을 벗어났다. 홀로그램 영상이 적용되거나 귀신들이 튀어나오는 장면들은 여태 했던 작업들과 다른 종류였기에 상상부터도 쉽지 않았다. 그럼에도 연출, 무대, 영상, 의상 디자이너들의 회의에서는 무언가가 끊임없이 만들어지고 있었다.

"소품 제작을 위한 시장조사를 해야 하고, 재료나 기성품을 사입해서 컬러링, 제작하는 물리적 시간이 필요해요. 완전히 처음부터 제작하는 것 외에 있는 것을 응용 하는 식으로 제작해야 하는 작업이 대부분이라 늘 시간에 쫓겨요. 전체적인 프로세스에서 첫 회의 때 소품을 구체적으로 논의하지는 못해요. 대부분 콘셉트와 세트 디자인이 나오고 나서야 소품을 논의하기 때문에 순서를 기다리는 시간도 다른 팀에 비해 길어요."

소품은 대체로 장면 만들기와 같이 정리되는 경우가 많아 비교적 늦게 논의되는 편이지만, 연습실에서는 가장 먼저 필요하기에 늘 시간이 부족하다. 일반적으로 소품디자이너는 의뢰를 받으면 대본을 중심으로 작품을 분석하고, 일차적으로 대본 베이스로 소품 사입 및 제작을 위한 시장 조사를 해 데이터를 준비한다. 하지만 〈쿠로이〉에서는 연습 중에 제작진과 출연진이 새로운 아이디어를 끊임없이 내놓는 데다 동선에 따라 구성도 수시로 바뀌었다. 드라마가 진행되면서 있던 장면이 없어지거나 없던 장면이 새로 생기기도 했다.

세트 디자인은 한번 정리가 되면 큰 변경 없이 유지되지만, 소품은 드라마를 만들면서 유동적으로 움직인다. 노주연은 상황에 따라 소품을 요청하면 즉각적으로 소품을 제작해 무대에 반영했다. 그러다 보니 처음에 대본을 베이스로 준비했던 소품과 무대에 최종적으로 올린 소품이 적잖게 달랐다.

리허설에 들어가기 전 '런 스루(Run-through)' 시점에는 무대에 올라가는 실사용 소품들을 연습실로 반입해 사용하고 손에 익히면서 배우들의 불편 사항을 반영하여 소품을 수정한다. 소품이 무대에 있을지, 백스테이지 소품 테이블에 있을지, 몸에 지닐지, 무대 어딘가에 숨겨 놓을지 약속이 정해진 후에도 수정 보완은 반복된다.

수정을 반복하며 공들여 만든 소품이 망가지는 경우도 비일비재하다. 무대를 열며 관객들을 웃게 만든 방울도사의 버블봉이 대표적이다. 버블봉 초안을 스케치할 때까지만 해도 장식과 끈이 달려 화려했지만 공연회차가 늘어남에 따라

화려한 장식들은 컬러링만 해서 보내는 수준으로 간소화되었다.

"방울도사가 방울 봉을 격렬하게 흔들다보니 비눗방울 용액이 기계 장치에 스며서 보수를 해도 고장 나기를 반복했어요. 처음에는 조금만 연기를 살살 해 주면 안 되겠냐고 요청했는데 최종 장면을 직접 보고 나니 생각이 바뀌었습니다. 최대한 보완하되 그냥 여러 개를 만들어 놓을 테니 맞다고 생각하는 연기를 마음껏 할 수 있게 하고 싶었어요. 지금도 수시로 문제가 생기고 교체를 하고 있습니다. 소품 하나로 액팅을 수정하는 경우도 있지만, 그 연기가 충분히 타당성이 있다면 최대한 그 연기나 안무가 가능한 방법을 찾아야만 한다고 생각해요. 조금 귀찮은 방법밖에 없을지라도 소품이 그 연기를 할 수 있도록 최대한 도와야 한다고 생각합니다."

소품디자이너에게 중요한 자질은 빠른 상황 파악이다. 유수의 작품들이 노주연을 찾는 여러 이유 중 하나는 뛰어난 창작 능력과 더불어 유연한 대처 능력이다. 소품디자이너로서 십 년이 넘는 경력을 쌓으면서 어떠한 문제가 발생했을 때 발빠르게 대처하기 때문에. 특히 창작극에서는 장면이 어떤 방향으로 흘러가고 있는지, 뭘 만들어 가야 하는지 그때그때 대처하고 준비하기가 어렵다. 흐름을 놓치면 혼자 엉뚱한 데로 가 버리고 만다. 그래서 연습실에서도 시간을 많이 보냈다. 장면이나 영상이 실시간으로 일어나는 과정을 파악하기 위해서였다.

"가깝다고 느끼는 사람들이랑 같이 만들어서인지 학교 다닐 때 동기들이랑 으쌰으쌰 하면서 작품 만들었던 기억이 떠올랐어요. 쿠로이 저택이라는 공간 자체가, 같이 모이면 편하고 좋고, 이야기도 편하게 할 수 있고. 할 일만 하고 떠나는 느낌이 아니라 그 공간에 머무르고 있는 것 같은 느낌이 들어요."

그럼에도 다행인 건, 편한 동료들과 함께 작품을 했다는 점이다. 이따금 소품을 제작하면서도 때로는 작품이 낯설 때도 있었다. 소품디자이너로서 할 일이 끝나면 작품을 떠나는 것처럼도 느껴졌다. 하지만 〈쿠로이〉 작업을 할 때는 소품 제작이 끝난 이후에도 작품뿐만 아니라 사람과의 관계도 오래 이어지겠다는 기대감이 들었다. 연습실에 가면 동료가 있고, 그들을 또 만난다는 것이 어려운 작업도 버틸 수 있게 하는 힘이 되었다. 쿠로이 저택이 그에게 정말 '집' 같은 공간이 된 것이다.

"소품이 잘 어우러졌으면 좋겠다는 것 외에 돋보이기를 바라지는 않아요. 종이 한 장을 쓰더라도 그 상황의 포인트들을 살릴 수 있으면 좋겠다는 거. 상황에 맞춰서 소품들이 제 역할을 잘 해줬으면 했어요."

처음에는 소품만 보였다. 작품보다 소품에 눈이 갈 때도 있었다. 그러나 십 년도 넘는 시간 동안 무대에 소품을 올리며 결국 작품이 잘 나와야 한다는 걸 깨달았다. 소품과 상관없이, 설사 그 안에서 소품이 한두 개밖에 쓰이지 않더라도 작품이 잘 되면 뿌듯했다. 이제는 소품이 튀기보다 작품 내에서 어우러지는 게 가장 중요하다.

다행히도 〈쿠로이〉는 작품 자체로도 호평을 받았다. 연습실에서 동료들과 웃으며 준비했던 대로 귀신을 못 보는 무당이 접신한 척 터뜨리는 비눗방울이, 아무리 펄럭여도 귀신들을 성불로 이끌지 못하는 화려한 부채가 적재적소에서 관객들을 웃게 만들었다.

작품에서 소품은 사람보다 귀신들에게 유효하게 쓰인다. 보이지 않는 귀신은 보이는 물건을 통하여 사람에게 장난을 치고, 놀라게 만들고, 존재를 드러낸다. 작품의 제목이기도 한 '쿠로이 저택엔 누가 살고 있을까?'라는 질문을 던진다면, 귀신을 못 보는 보통 사람들의 눈에 쿠로이 저택은 그저 물건들이 놓인 공간일 뿐이다. 바꿔 말해 쿠로이 저택엔 사람이 아닌 물건이 산다. 그곳에 머물렀던 사람의 기억과 사랑과 소망을 품은 물건들이 못다 한 이야기를 펼쳐 놓는다. 한 번의 정확한 웃음을 이끌어내기 위해, 작품이 사랑받기를 바라는 염원을 담아 노주연 소품 디자이너가 채워 나간 물건들이다. 쿠로이 저택의 이야기는 여기에서부터 시작된다.

"지금도 여전히,
내가 시작하고 내가 끝낸다는 마음"
_ 무대 감독 이종우

성승환

성승환 인터뷰어
중앙대 문예창작학과 재학시절 감독과 작가를 맡아 웹드라마 〈사다리: 사랑에 다다른 우리〉를 제작했고 학생회장으로서 전시회 〈지금〉과 〈경계〉를 기획하였다. 졸업 후 카카오엔터테인먼트 계열 드라마 제작사 메가몬스터에서 드라마 보조 작가로 활동하며 현장 경험을 쌓았다. 현재 중앙대 문예창작학과 대학원 석사학위 과정을 수료하고 글로벌콘텐츠랩 〈한사람〉 6기 편집장을 맡고 있다.

이종우 인터뷰이
2005년 공연이란 장르에 발을 디디고, 올해로 딱 20년째, 공연밥을 먹고 살고 있다. 소극장부터 대극장까지 두루두루 경험하며, 작품의 규모, 극장의 크기 상관없이, 장르불문! 무대감독이 필요로 한다면 어디든 가는 공연이 좋은 사람이다.

"지금도 여전히,
내가 시작하고 내가 끝낸다는 마음"
무대 감독 이종우

성승환

  '무대 매너'라는 건 무엇일까. 관객들을 웃음 짓게 하는 배우의 애드리브나 자신을 보러 온 팬들에게 배우들이 선사하는 세리머니 같은 것, 현장에서 돌발적으로 일어난 실수를 커버하는 것 또한 무대 매너의 한 종류이다. 무대 매너는 더 좋은 무대를 관객에게 선사하기 위해 존재한다. 그렇다면 무대 매너라는 건 무대 위에 서는 배우들에게만 적용되는 것일까? 그 질문을 던지게 한 이가 있다. 하나의 작품을 관객들에게 선보이기 위해 무대 현장을 컨트롤하는 '한사람'. 그는 끝내주는 무대 매너의 소유자 이종우 무대 감독이다.

"소통의 창구 역할을 하죠. 간섭쟁이 스타일로 여기저기 기웃기웃하면서 다 참견해요."

뮤지컬은 각각의 전문가들이 모여 만들어 낸 하나의 작품이다. 공연을 올리기까지 전반적인 과정에 개입하는 그의 가장 중요한 역할은 소통의 창구이다. 무대, 의상, 영상, 소품, 안무 등 다양한 스태프들이 제작 단계에서 활약하고 특색 있는 배우들이 관객들에게 작품을 선보인다. 당연하게도 작품에 임하는 이들의 자세와 태도는 모두 상이하다. 이종우는 이런 이들을 최소 50명, 많게는 100명을 마주한다. 제작 과정에서 협동성을 가장 중요한 가치라 여기는 그는 이곳저곳을 뛰어다니기 바쁘다. 그가 머물다 간 곳엔 항상 작은 간섭이 남아있다. 그 작은 간섭은 사소해 보일지라도 차곡차곡 쌓아 올려져 하나의 협동성을 만들어 낸다. 그렇게 쌓인 협동성은 곧 쿠로이라는 이름의 저택을 이룬다. 작은 간섭을 건네받은 스태프들은 더 좋은 작품의 조각을 만들어 쿠로이 저택을 보강한다. 이곳저곳을 기웃거리는 이종우가 없었더라면 지금 쿠로이 저택의 견고함은 없었을 것이다. 이쯤에서 눈치챘겠지만 이종우의 무대 매너는 이미 시작됐다.

"연출, 안무, 음악감독 같은 창작진과 조명, 영상, 소품 같은 기술파트 디자이너들의 언어는 본인들이 속한 파트의 언어로 되어 있어요. 그 언어를 이해하고 오해가 없도록 전달하여 모두가 원하는 결과를 도출하는 게 어렵죠."

이종우가 무대 밖에서 쿠로이 저택의 견고함을 만들어 낸다면 무대 안에선 쿠로이 저택의 섬세함을 만들어 낸다. 무대감독의 역할은 각각의 언어를 이해하는 것부터 시작된다. 한쪽의 언어를 이해하고 다른 쪽에게 전달을 해주어야 하는 그는 깊지 않아도 다양한 분야를 넓게 아는 것이 무대감독의 덕목이라 말한다. 〈쿠로이〉 속 귀신들이 이야기를 풀어낼 때 해웅이 장구 장단을 맞춰주는 장면이 있다. 이때 진짜 장구를 넣기에는 오래된 폐가인 쿠로이 저택의 공간적 제약이 뒤따랐다. 그때 이종우의 눈에 띈 건 사무실 책상 아래에 놓여있던 수납함이었다. 그렇게 해웅은 진짜 장구 대신 수납함으로 장단을 넣게 된다. 단순한 순발력으로 치부하기엔 치밀하다. 그가 내놓은 해결책은 쿠로이 저택이라는 무대의 공간성과 저택 속에 있는 소품, 그 두 가지를 해치지 않는 선에서 존재한다. 각각의 언어를 이해했을 그가 아니었더라면 불가능했을 것이다. 그의 센스는 다른 곳에서도 돋보인다. 공연 초반 가네코가 쿠로이 저택에 들어오는 장면에선 쿠로이의 오래된 저택 느낌을 살려주는 을씨년스러운 효과음이 들려온다. 하지만 이 효과음은 기계로 연출된 소리가 아닌 실제 문에서 들려오는 소리다. 원래는 효과음으로 재생하기 위해 준비를 했었다는 그는 무대장치 조립 과정에서 문에서 자연스레 소리가 나는 것을 발견했다. 이종우는 그 소리가 마음에 들어 다른 제작진들에게 소리를 들려주었고 그의 생각에 동의한 제작진들의 결정으로 가네코의 등장 장면이 탄생했다. 사실 이종우는 셋업 단계에서 이미 문의 비밀을 알고 있었다. 일부러 문을 고치지 않고 사람들에게 그 소리를 들려준 건 그의 치밀한 계산이었다. 이종우는 쿠로이 저택의 안과 밖을 오가며 자신만의 무대 매너를 만들어 간다. 저택 곳곳에서 발견할 수 있는 그의 매너에는 섬세하고 다정한 온기가 스며있다.

> "객석에 앉아봅니다. 관객 입장 전에 '블랙아웃 테스트(암전 체크)'를 해요. 일부러 공연장 내부를 암전 상태로 만들고 암전 중 불필요한 빛이 있는지 확인하고 빛을 차단하는 작업을 하는 거죠. 사소한 요소라도 관객의 판타지를 방해하는 요소가 될 수 있으니까요."

극을 올리기 전 그는 관객이 되어본다. 빈 관객석에 앉아 관객의 시선으로 무대를 바라보는 이 과정은 무대에 불필요한 부분이 보이는지, 배우들의 입 퇴장이 거슬려 보이진 않는지, 관객들이 온전하고 완벽한 무대를 맞이할 수 있는지 확인하는 마무리 작업이다. 당연하게도 뮤지컬에서 관객은 필수 불가결한 요소다. 공연은 관객의 존재로 시작해 관객의 존재로 끝이 난다. 그런 의미에서 관객의 역할은 존재하는 것만으로 그치지 않는다. 관객은 '지켜보는 사람'이라는 배역을 부여받고, 배역을 부여받은 순간 관객이 앉아있는 객석은 무대가 된다. 그게 이종우 무대감독이 관객이 되어보는 이유다. 관객들이 앉아있는 객석 또한 무대의 일부분이라는 것을 알고 있기에, 그는 관객들이 자신들의 배역에 최선을 다할 수 있도록 고민한다.

"있는 그대로 봐주셨으면 좋겠어요. 매일 같은 작품을 보아도 느끼는 건 다르잖아요."

그는 뮤지컬의 화룡점정은 관객이라며, 잘 즐길 수 있는 노하우 또한 관객들이 이미 가지고 있다 말한다. 그건 무대감독인 자신이 아무리 의도해도 닿을 수 없어서 자신은 그저 자신이 맡은 역할에 최선을 다할 뿐이라고. 그래서 이종우는 매번 똑같은 퀄리티의 작품을 무대에 올리기 위해 노력한다. 그가 100회차 공연도, 1000회차 공연도 똑같은 퀄리티로 관객에게 선보이고 싶은 이유는 같은 작품을 보아도 그 작품을 보는 관객들은 매일 달라지기 때문이다. 이는 뮤지컬을 N차 관람하는 이들에게도 똑같이 적용된다. 작품을 보고 다른 지점을 느낄 수 있는 건 관객의 역할이자 특권이다. 다르다는 것은 느끼는 것. 그 지점을 느끼는 방법은 무대 위의 자신을 감각하는 일이다. 뮤지컬을 보고 있는 자신을 감각할 때, 관객석이 또 다른 무대가 될 때, 진정한 무대가 시작되는 것이다. 그게 관객이 가지고 있는 무대 매너인 것 같다며, 이종우는 말한다.

"지금도 여전히, 내가 시작하고 내가 끝낸다는 마음이 좋습니다."

공연의 시작과 끝은 무대감독의 콜사인으로 결정된다. 무대감독이 된 계기 또한 콜사인의 매력 때문이었다고 말하는 그에게 나는 그 마음에 변화가 있는지 물었다. 그의 대답은 지금도 여전히 그렇다, 였다. 그 콜사인의 매력이 대체 무엇이길래 그는 아직도 그 매력에 사로잡혀 있는 것일까? 그 이유는 콜사인을 외칠 때 동반되는 자신감 때문이다. 이종우의 콜사인에는 더 좋은 퀄리티의 공연을 만들어내기 위해 노력했던 순간들이 배경으로 깔려있다. 그 순간들은 간섭, 언어, 아이디어, 관객, 다양한 모습들로 존재한다. 작품을 무대 위에 올릴 때마다 그 순간들은 반복된다. 수많은 사람들을 만나고, 그들의 언어를 이해하고, 새로운 세계를 마주하게 될 사람들이 되어보는 것. 그 단계 사이사이 이종우는 새로운 감각과 감정으로 자신을 채워나간다. 그 감각은 새롭고 낯선 감각인 것 같지만 그렇지 않다. 그 감각은 이종우의 처음과 아주 닮아있다. 무대감독이라는 직업을 애정하고 자부심을 느끼는, 그는 매번 작품을 만들며 같은 마음을 느낀다. 그게 그가 '지금도 여전히,'일 수 있는 이유이다. 누구보다 작품에 진심이며 쿠로이를 준비하는 순간에는 힘에 부쳐 '빙의'하고 싶은 순간도 없었던, 무대감독 이종우가 다정하고도 섬세한 무대 매너를 부릴 수 있는 이유.

뮤지컬이 끝나고 커튼콜이 시작된다. 관객들이 끝내주는 무대 매너라며 무대를 향해 찬사를 보낸다. 그 말에 나는 자연스레 그를 찾는다. 주위를 둘러볼 때, 곳곳에 그가 신경 썼던 사소한 부분들이 눈에 띈다. 무대 매너라는 건 결국 그 순간 관객들이 아주 멋진 공연을 보았으면 하는 마음에서 파생된다. 그 마음은 다양한 방식으로 관객인 우리에게 가닿는다. 그러니 이종우는 끝내주는 무대 매너라는 말에 누구보다 잘 어울리는 사람이 아닐까? 그의 무대 매너가, 그의 마음이 관객에게 와닿았기에. 그가 무대가 시작되기 전 앉아보았을 그 객석에서 난 무대라는 공간을 마음껏 감각한다. 이종우가 아니었다면 불가능했을 일. 그가 신경 쓴 무대 위에 있음이 감사해지는 순간이다. 어디선가 콜사인이 들려온다. 무대가 막을 내린다.

"미싱 링크"
_작가 표상아

요안나

요안나 인터뷰어
네이버, 카카오페이지, 리디를 오가며 10년 넘게 로맨스 장르 소설을 써왔다. 대표작 〈순수하지 않은 감각〉, 〈채집은 은밀하게〉, 〈바람이 젖은 방향〉 등이 있다. 2023년 부산국제영화제 ACFM에서 〈추격의 미덕〉이 올해의 한국 IP로 선정되었다. 〈순수하지 않은 감각〉, 〈연애 주의〉, 〈브리핑〉 등의 작품은 웹툰화되어 각각 카카오페이지, 네이버, 리디에서 연재 중이다. 현재 중앙대 문예창작학과 겸임교수로 대학에서 웹소설 창작을 가르치며, 25년 6월 현재 리디에서 웹소설 〈파도를 일으킨 빛〉을 연재하고 있다.

표상아 인터뷰이
작가 및 연출가, 2017년 연극 '페이퍼'로 데뷔, 2022년 제6회 한국뮤지컬어워즈에서 〈쿠로이〉로 극본상을 받았다. 이듬해인 2023년에는 서라벌 문학상 신인상의 영예도 얻었다. 희곡을 쓰는 작가로, 작품을 무대 위에 올리는 연출가로 종횡무진 활약 중이다.

"미싱 링크"
작가 표상아

요안나

 까르륵, 웃음이 끊이지 않는 놀이동산이 있다. 신나는 음악과 우스꽝스러운 의상, 아이돌 뺨치는 칼군무로 매혹하는 놀이동산. 단, 이 놀이동산의 안내자는 귀신이다. 선관 귀신, 아기 귀신, 처녀 귀신, 장군 귀신, 무려 아홉 살 대장 귀신까지. 이들이 머무는 곳은 '쿠로이 저택', 대체 무슨 일이 있었기에 다섯 혼령이 한 집에 모여서 지박령이 된 것일까. 귀신들은 왜 그곳에서 왁자지껄한 퍼포먼스를 펼치며 성불할 기회를 호시탐탐 노리고 있는 것일까. 귀신은 분명 무서워야 하는데, 무섭기는커녕 귀여운 이유는 무엇일까.

 답은 뮤지컬 〈쿠로이〉에 있다. 〈쿠로이〉의 표상아 작가는 과거 인터뷰에서 '뮤지컬은 놀이동산 같다'라고 말한 적 있다. 광화문 모처에서 만난 그는 앙증맞은 미소를 머금으며 뮤지컬이 왜 놀이동산인지, 얼마나 신나는 장르인지 설명했다.

"뮤지컬이 제일 잘하는 장르는 코미디라고 생각해요. 이야기를 나누다가 갑자기 노래하는 것 자체가 웃기잖아요. 안 웃긴가요? 또 판타지가 뮤지컬이 제일 잘하는 장르라고 생각하고요. 꿈이 펼쳐지는 장면을 노래하는 장면을 드라마틱하게 그릴 수 있는 장르는 뮤지컬이 가장 적합하죠."

표상아의 설명처럼 〈쿠로이〉는 놀이동산과도 같은 뮤지컬이다. 화려한 칼군무뿐만 아니라, 1인 2역을 맡은 배우들의 퀵체인지 효과가 재미를 더한다. '어? 저 배우 아까 분명히 귀신이었는데?' 하는 호기심과 함께 작품에 몰입하다 보면 어느새 귀신들의 성불을 바라는 자신을 발견할 수 있다. 씬 투 송(Scene-to-Song Musical) 뮤지컬답게 감정의 자연스러운 흐름 속에 깨발랄한 넘버가 등장해서 한시도 눈을 뗄 수 없는 작품이기도 하다. 등장인물 '가네코'가 "여긴 뭔가 있어!"라고 내뱉는 부분에서는 관객 모두 이미 알고 있다. 그곳에 각기 다른 사연을 지닌 네 혼령과 독립군의 흔적, 그리고 작은 상상을 품고 있는 아홉 살의 원귀 옥희가 있음을. 가네코는 모르지만, 관객은 알고 있는 그 환상적인 아이러니가 흥미진진한 웃음을 유발한다.

그렇다고 〈쿠로이〉가 마냥 재기 넘치는 뮤지컬은 아니다.

극의 배경은 일제강점기, 주인공 '박해웅'의 형은 독립 투쟁 중이고, 아홉 살 지박령 '옥희' 역시 시대의 아픔을 간직한 인물이다. 입체적인 캐릭터는 일관성을 지녀야 설득력이 높아지기 마련. 표상아는 주인공의 캐릭터 가치를 확립하는 작업이 가장 어려웠다고 한다.

"해웅의 캐릭터를 잡는 데 꼬박 3년이 걸렸어요. 처음 극본을 썼을 때, 해웅이 독립군이었거든요. 그런데 독립군과 코미디의 밸런스를 맞추는 게 쉽지 않은 작업이더라고요. 해웅이 지닌 복잡한 페이소스를 어떻게 표현할 것인가, 고심했죠. 그러다 상반되는 지점을 분리하면 좋겠다는 생각이 들더라고요. 해웅의 독립군 서사는 형인 박해영이 가져간 거죠."

일제강점기를 배경으로 한 뮤지컬이지만 〈쿠로이〉에는 독립군을 연상케 하는 단어가 나오지 않는다. 직접적인 표현은 없지만, 관객 모두는 시대적 분위기를 알고 있다. '역사가 스포'라는 말이 있듯 뮤지컬을 보며 가슴이 먹먹해지는 이유다.

"〈쿠로이〉를 '애국 뮤지컬'이라고 말씀해 주신 관객이 기억에 남아요. 또 배우들이 몸을 던져가며 코믹 연기를 하잖아요. 그래서 배우를 착즙한다고 '휴롬 뮤지컬'이라는 별칭도 있어요."

표상아는 슬픈 것을 슬프게 표현하는 것이 싫었고, 뻔한 것을 뻔하게 표현하는 것을 피하고자 아이러니를 활용했다고 한다. 작가의 고민이 얼마나 깊었는지 눈치챌 수 있는 대목이다. 긴 고민 끝에 마침내 표상아는 일제강점기를 차용하고, 코미디의 색감을 지니면서, 시대 정신을 반영한 작품을 집필해냈다. 그렇다고 해서 코미디를 그저 웃기는 것으로만 표현한다면 이 또한 뻔한 것이 된다. 약자를 향한 조롱으로 웃음을 자아내는 부끄러운 시대, 표상아는 휴머니즘을 담은 웃음으로 코미디를 완성했다.

"일제강점기를 생각하면 막막하죠. 꿈을 꾸기 어려운 세상이었잖아요. 요즘 청년들도 희망을 잃지 않으면 좋겠어요."

국권을 수탈당한 시대는 아닐지라도 청년들에게 세상은 여전히 가혹하다. 표상아는 황막한 세상일지라도 꿈을 향한 가능성이 존재한다는 믿음을 〈쿠로이〉에 담아냈다. 작품에서는 이를 '막연한 믿음'이라고 표현했지만, 막연하게나마 믿음이 존재하는 한 꿈꿀 수 있다는 희망이 있다는 메시지로 읽힌다. 그렇다면 청년 표상아는 어땠을까, 궁금해진다. 여전히 앳된 미소를 지녔지만, 그에게도 고달팠던 시절은 존재했다.

"이 작품을 하기 전에는 공연예술인이라는 정체성이 모호했어요. 〈쿠로이〉를 하면서 동료가 생기고, 친구가 생기고, 나에게 기대하는 사람들이 생겼죠. 꿈이 재정립되었다고 할까요? 막연했던 꿈이 현실이 된 거죠. 저에게 '쿠로이 저택'은 그런 곳입니다."

글 쓰는 일은 외롭다. 홀로 PC 앞에 앉아서 텅 빈 한글 창을 멍하니 바라보고 있으면 활자가 채워지지 않은 공간이 필자를 압박하는 듯한 느낌을 받곤 한다. 홀로 집필한 글을 세상에 내놓았을 때, 대중의 반응은 누구도 예상할 수 없다. 글 쓰는 사람이라면 누구나 공감할 만한 두렵고도 냉혹한 고독이다. 누군가 곁을 지켜주며 함께해주면 좋겠다는 간절함을 동반하는 직업이 바로 작가다. 그런 측면에서 표상아는 복 많은 작가다.

"예전에는 보이지 않는 마음이었는데, 지금은 보여요. 인복이 많았다고 생각해요. 각기 다른 사람이 마음을 모아서 함께 작업하는 일은 낭만적인 일이잖아요. 그중에서도 뮤지컬은 가장 낭만적인 일이라고 생각해요."

기쁨도 아픔도 함께할 수 있는 뮤지컬 작업을 표상아는 사랑한다고 말한다. 함께 모여 텅 빈 곳을 채우고, 각자의 간절함을 모아서 완성한 표상아의 첫 번째 뮤지컬이 바로 〈쿠로이〉다. 첫 낭만의 성취를 증명하듯 표상아는 〈쿠로이〉를 통해 2022년 제6회 한국뮤지컬어워즈에서 극본상을 받았다. 그러나 그가 영광의 자리에 오르기까지 포기하고 싶었던 순간이 없었던 것은 아니다.

"해웅의 캐릭터 밸런스를 맞추는 과정에서는 매일 포기하고 싶을 만큼 힘들었어요. 독립군으로 코미디를 쓴다는 것 자체가 망상이 아닐까? 호국 영령의 저주를 받지는 않을까? 걱정했죠. 마지막 해결점은 연습실에서 찾았어요. 원종환 배우가 자신의 드라마에 관한 고민을 털어놓더라고요. 선관 귀신의 행동에 대한 당위성 문제였죠. 거기에 해웅 캐릭터에 관한 미싱 링크가 있었던 거예요. 해웅의 캐릭터 밸런스는 선관 귀신의 캐릭터가 강화되면서 해결되었어요."

배역에 빙의한 것처럼 고민했던 배우와 작가의 드라마트루기적 해석이 도출한 해결점이었다. 그래서인지 협업을 낭만적인 일이라고 표현하는 표상아의 얼굴에는 항상 호기심 어린 웃음기가 머물렀다. 사람이 많이 투입되는 일에는 불협화음이 생기곤 한다. 하지만 표상아는 〈쿠로이〉가 완성될 수 있었던 결정적 지점을 '각기 다른 막연한 믿음이 이루어낸 낭만성'에 두고 있다. 어찌 보면 그는 아이러니의 경지에 오른 게 아닐까, 하는 생각이 들었다.

가장 공들여 만든 캐릭터 해웅의 눈에만 홀연히 보이는 옥희, 그들의 교감은 극의 환상성을 북돋는다. 귀신과 인간의 소통 자체가 환상적 아이러니다. 거기에다가 나약한 인간 해웅은 소름 끼치는 귀신을 염려하고, 의심 많은 귀신 옥희는 범약한 인간을 굳게 믿고 의지한다. 옥희의 잃어버린 상상은 해웅이 이루지 못한 꿈이고, 해웅의 존재는 옥희가 살지 못한 미래라고 볼 수 있다. 관객은 그 모든 아이러니를 고개 끄덕이며 즐긴다.

일제강점기를 떠올리면 역사적 부채로 인해 마음이 무거워질 때가 있다. 아직 찾지 못한 독립군의 유해, 여태 척결하지 못한 반민족 행위자 등 바로잡지 못한 역사에 관한 조바심이 종종 일어나기도 한다. 그런 이들에게 〈쿠로이〉는 응원의 메시지를 보내는 듯하다. 보이지 않는 것들이 언젠가는 보일 거라고, 기다리면 반드시 바로잡힐 세상이 올 거라고. 가장 어두운 시절의 해맑은 상상을 담아낸 이야기, 〈쿠로이〉를 쓴 표상아는 과거와 현재의 미싱 링크를 뭉클한 웃음으로 채워준 고마운 사람이다.

"사랑하지 못할 건 없다는 마음으로,
어쨌든 뭐 하는 사람!"
_ 프로듀서 신동은

이서현

이서현 인터뷰어
의구심보다는 호기심으로 세상을 바라보는 글쓰기를 지향한다. 문학과 장르의 경계 위에 토대를 쌓아가며 나만의 스타일을 만들어가는 중이다. 2020년 교보문고 스토리 공모전 대상을 받으며 작품 활동을 시작했다. 2024년 〈얼얼한 밤〉으로 LIM문학상을 받았다. 장편소설 〈펑〉, 단편소설집 〈망생의 밤〉 연재소설 〈리얼드릴즈 여자 야구단〉 에세이 〈가능성의 세계〉등이 있다.

신동은 인터뷰이
한양대 중어중문학과 졸업하고, 현재 (주)랑 프로듀서와 (유)플러스씨어터 대표이사를 맡고 있다. 클립서비스 홍보팀, 오디컴퍼니 기획팀장, PMC프러덕션 기획팀장을 거쳤다.

"사랑하지 못할 건 없다는 마음으로, 어쨌든 뭐 하는 사람!"
프로듀서 신동은

이서현

　보이는 사람에게만 보이는 사람이 있다. '쿠로이 저택'의 지박령 옥희는 해웅의 눈에만 보인다. 마지막 소원을 이뤄줄 단 한 사람, 해웅이 나타나기 전까지 모습을 감춘 채 쿠로이 저택을 지켰다. 그리고 무대 밖에서 '쿠로이 저택'을 지키고 있는 또 한 명이 있다. 〈쿠로이〉가 관객들을 만날 수 있도록 사방팔방 뛰어다녔을 사람, 무대 안팎으로 사람들의 웃음이 그치지 않도록 묵묵히 제 몫을 버텼을 사람, 신동은 프로듀서다.

　"보통은 뮤지컬 만드는 사람이라고만 말해요. 작품을 선정하고, 그 작품을 공연할 수 있는 공연장을 개관하고, 그 작품을 만들 수 있는 자금을 모으고, 그 작품을 잘 표현해줄 사람들(배우, 스태프)을 구성하고, 공연이 무대에 올라갈 수 있게 만들고, 그래서 그 공연이 최대한 흥행에 성공할 수 있도록 모든 걸

총괄하는 게 프로듀서의 역할이에요. 어쨌든 뭐, 하는 사람이죠."

어깨 위로 쿠로이 저택이 내려앉는 것만 같다. '어쨌든' 속에는 너무 많은 것들이 담겨 있었다. 처음부터 끝까지 손길이 닿지 않는 곳이 없다. 보이지 않는 노고가 꽤나 억울하지 않을까 싶었지만 그는 별 것 아니라는 듯 당연한 얼굴이었다. 뮤지컬 프로듀서이자 공연 제작사 '랑'과 공연장 '플러스씨어터'의 공동 대표인 신동은은 작품이 완성되기까지 수많은 선택지들을 결정하며 길을 만들어간다.

"선택했다기보다는 선택을 당했죠. 표상아 작가가 처음 공연을 선보였을 때, 혼자 보고 온 제작 PD가 괜찮다고 했었어요. 충무아트센터에 두 번째로 올랐을 때 함께 보러 갔었죠. 그때까지만 해도 고민되는 부분이 있었어요. 이후 〈난쟁이들〉을 함께한 김동연 연출이 저희 제작사랑 잘 어울릴 것 같다며 같이 준비해 보자고 연락을 해왔고, 그때 느낌이 왔어요. 아, 이건 그냥 운명인가 보다."

운명을 받아들이는 일은 꽤나 용기가 필요한 일이다. 좋은 대본이었음에도 불구하고 시작할 땐 1억 이상의 적자를 각오할 정도로 걱정이 적지 않았다. 라이선스 뮤지컬과 달리 창작 뮤지컬은 흥행이 보장되지 않을뿐더러 코미디는 결코 쉬운 장르가 아니다. 개개인의 취향 편차가 큰 장르라 연습실에서 빵빵 터지는 웃음이 무대 위에서도 통할지 확신할 수 없었다. 혹시나 유치하게 다가가진 않을지 걱정이 많았다고 한다. 더군다나 일제 강점기를 배경으로 한 코믹 소동극이라니 결코 쉽지 않은 일이다. 그럼에도 불구하고 〈쿠로이〉는 독립운동의 감동과 귀신들의 우당탕탕 소동극을 훌륭하게 풀어냈다. 적자를 모면한 정도가 아니라 K뮤지컬의 대표 주자라 할 수 있을 만큼 성공적인 작품이었다. 쉬운 과정은 아니었지만 대본, 연출, 안무, 연기 무엇 하나 빠지지 않고 잘 어우러진 작품인 만큼 함께 하는 동료들을 믿으며 걱정을 덜어냈다고 한다. 이처럼 운명을 현실로 만드는 건 언제나 사람이다.

> "작품이 생명력을 길게 가지려면 작품 자체도 중요하지만, 함께 하는 이들이 중요해요. 단순히 각자의 역할을 잘하는 것뿐만 아니라 기획 의도에 맞게 조율할 수 있어야 하죠. 너무 독단적이어도 물러서도 안 돼요. 누군가를 설득하기도 하고, 상처받은 이들의 마음도 잘 어루만져야죠."

무대 위가 정갈하게 잘 차려진 한 상이라면, 무대 밖은 정글이나 다름없는 주방이라 할 수 있다. 적지 않은 자본과 제각각 개성을 발현하는 예술가들 사이에선 언제나 아슬아슬한 위험이 존재하기 마련이다. 더군다나 〈쿠로이〉는 창작 뮤지컬이다. 라이선스 뮤지컬과 달리 답이 정해져 있는 것이 아니기에 하나의 작품일지라도 그 속에서 각자의 해석은 조금씩 다를 수밖에 없고, 현실적인 문제 역시 존재한다. 의견 충돌을 겪을 수밖에 없다.

좋은 작품 뒤엔 싸움이 없는 것이 아니라 잘 싸운 싸움이 숨겨져 있다. 그 속에서 프로듀서는 기획 의도를 잃지 않도록 매끄럽게 길을 닦는 존재다. 부딪치는 감정들이 다치지 않고 한 방향으로 흘러가게 만들어야 한다. 나아가 관객들이 오해할 만한 민감하고 불쾌할 수 있는 부분이 생겨나지 않도록 신경을 써야만 한다. 분명 어렵고 힘든 과정이었을 텐데도 신동은은 '빙의'가 필요할 만큼 특별히 어려운 일은 없었다고 했다.

특별할 것 없이 늘 힘들고, 또 힘들지 않은 일이라고. 물론 처음부터 그랬던 건 아니다. 제작사를 십 년 넘게 운영하면서 자연스레 단련이 되었다. 그 사이 상처를 받고 업계를 떠나는 사람도 보았고, 무명 배우가 스타가 되는 것도 보았다. 버티고 떠나는 건 단순히 실력만의 문제가 아니었다. 오히려 잘못된 소통이 문제가 될 때가 많았다. 그럴 때마다 커뮤니케이션의 중요성을 깨달았다. 이제는 "내가 사랑하지 못할 사람이 없다!"라는 마음까지 든다고. 이를 증명하듯 쿠로이 저택을 지은 모두가 제 몫을 톡톡히 해내었다. 신동은은 의견 차이가 생길 때에도 그들이 제 몫을 다 할 수 있도록 한 발 물러서곤 했다.

> "홀로그램만 해도 쉽진 않았어요. 배우의 모습이 온전히 담기는 만큼 캐스팅이 바뀔 때마다 새롭게 촬영해야 했어요. 당연히 촬영비, 편집비가 추가되고요. 제작비가 적지 않은 작품이라 얼굴을 보이지 않고 형체만 보이는 게 어떠냐는 제안도 해봤지만 통하지 않더라고요. 그만하라 하면서도 결국 들어주는 거죠. 작품이 잘 나오는 게 가장 중요하니까요."

재밌는 일이다. 모두가 제 뜻대로 할 수 없으니 조율이 필요하다고 끊임없이 말하면서도, 작품을 위해선 죄다 양보해 버리고 만다. 최적의 무대를 만들어 내는 것뿐만 아니라 그 위에서 마음껏 뛰어다닐 배우들에게도 마찬가지다. 캐스팅을 할 때부터 연습에 가장 충실할 수 있는 배우들을 1순위에 두고, 서로의 합을 보았다고 한다. 그 속에서도 각자의 표현 방식이 틀린 것은 아니라며 존중을 잃지 않았다. 어쩌면 신동은이 말하는 조율이란 어떻게 그들이 원하는 것을 들어줄 수 있을지에 대한 고민이었을지도 모르겠다. 사랑받는 게 중요한 배우들에겐 사랑을 듬뿍 내주었고, 양질을 원하는 이에겐 양질을 뽐낼 수 있는 환경을 마련해 주었다. 그렇게 무대 위에서 배우들이 펼치는 티키타카뿐만 아니라, 무대 뒤에서도 멋진 티키타카가 완성되었다. 환호성을 이끌어 내고, 공연을 성공적으로 끝낸 이들이 쿠로이 저택을 떠난 후에도 그의 역할은 끝나지 않는다. 운명은 늘 예상치 못한 일을 동반하기 마련이니까.

"중국은 물론 일본에서까지 오퍼가 왔었어요. 둘 다 고사하긴 했지만요. 코믹극이기 이전에 독립운동을 다룬 작품인 만큼 일본에 파는 건 적절하지 않다고 판단했어요. 중국은 같은 역사를 갖고 있긴 하지만 대본과 음악만 사가는 형태의 라이선스 공연을 하고 싶어 했고요. 작품의 오리지널리티를 지켜내는 게 저희한텐 무엇보다 중요했기 때문에 그 부분은 타협할 수 없었어요."

작품 안에서 자신의 의견보다는 상대의 의견을 존중하고 늘 지는 편을 택했던 것과 달리 작품 밖에선 쉽사리 꺾이지 않았다. 한국 내에선 이미 뮤지컬어워즈 3관왕을 하고, 삼연까지 하는 흥행 작품이었으니 욕심이 났을 법도 한데, 신동은에겐 선택의 후회 따윈 보이지 않았다. 공연을 준비할 때와는 전혀 다른 모습이었지만 이유는 같았다. 작품이 가장 중요하다는 것. 그 모습에 쿠로이 저택을 지키는 이들이 겹쳐진 건 우연이 아닐 것이다. 참으로 다행스러운 운명이다.

"쿠로이는 그냥 따뜻한 곳이에요. 모두가 행복을 떠올릴 수 있는 곳. 합이 좋은 사람들이 모여 즐거운 분위기 속에서 작업하다 보니, 연습할 때마다 새롭게 나오는 아이디어 역시 재밌기만 했어요. 관객 반응이 또 워낙 좋으니까, 공연 끝날 때까지 프로로서 일할 수 있다는 걸 행복하게 생각할 수 있는 작품이었어요."

담담하게 행복을 말했지만 그 과정이 얼마나 고단했을까. 웃음이 넘치는 연습실에서도 해결해야 할 또 다른 일이 마음 한 구석에 걸려 있었을 것이다. 가장 좋은 것을 주기 위해 쓴 소리를 해야 하는 순간도 있었을 거다. 그럼에도 불구하고 신동은은 믿고 맡겼을 뿐이라고, 자신은 기다리기만 하면 되었다고 함께하는 동료들에게 공을 돌렸다.

옥희와 해웅은 귀신 4총사의 승천을 돕고, 두 사람 역시 결국 쿠로이 저택을 떠난다. 그들의 마지막 인사에 관객들은 웃음을 보내며 박수를 친다. 신동은 역시 작품이 잘 되어서, 함께 했던 배우들이 스타가 되어 새로운 무대에 서고, 제작진들에게 부끄럽지 않은 프로젝트가 되었다는 사실을 가장 뿌듯해했다. 무대 위에서도 무대 밖에서도 그들은 원하는 바를 이루었다. 모두가 함께!

모든 작품은 어느 하나 빼놓을 수 없는 노고들이 모여 완성된다. 누군가는 대본을 보며, 누군가는 연출을 보며, 또 다른 누군가는 손에 들린 비눗방울을 보며 감탄할 것이다. 인터뷰를 진행하는 동안 신동은 프로듀서는 함께한 이들에 대한 칭송을 아끼지 않았다. "작품의 의도를 잃지 않은 채, 모든 구성원의 마음을 도닥이며, 작품을 무사히 무대에 올리는 것"이라는 어려운 임무는 동료들을 존중하는 마음을 기반으로 완성되었다. 어떤 이들은 보이지 않는 곳에서도 묵묵히 제 빛을 반짝인다. 신기한 건 그 빛은 언제든 우리에게 기어코 도달하고 만다는 것이다.

"우리 가위바위보 할까요?"
_ 대표 안영수

이지우

이지우 인터뷰어
'레이저리'라는 필명으로 BL웹소설을 쓰고 있다. 〈만두집에 만두를 사러 갔더니〉로 데뷔하였으며 대표작으로는 〈커버업〉, 〈두번씩이나 이 거지같은 섬에 떨어지다니〉, 〈빌어먹는 자들〉이 있다. 이 중 〈두번씩이나 이 거지같은 섬에 떨어지다니〉와 〈빌어먹는 자들〉은 출간일 베스트 순위 2위에 랭크되었다. 현재는 〈빌어먹는 자들〉의 IP를 바탕으로 웹툰 제작을 진행 중이다. 르몽드 에스파스에서 웹소설 강의를 진행하였으며, 현재는 백석예대 평생교육원에 출강하고 있다.

안영수 인터뷰이
안영수대표는 공연 제작사 '랑'의 대표로 활동하고 있으며, 창의적인 기획력과 안정적인 제작 역량을 바탕으로 다양한 무대 작품을 선보이고 있다. 현재는 공연 콘텐츠에 대한 이해와 소통을 넓히기 위해 유튜브 채널 '혜화로운 공연생활'을 운영하고 있으며, 이를 통해 관객과의 접점을 꾸준히 확장하고 있다. 2022년에는 '뮤지컬 쿠로이 저택엔 누가 살고 있을까'로 제6회 한국뮤지컬어워즈 400석 미만 부문 작품상을 수상하며 업계에서 그 실력을 인정받았다.

"우리 가위바위보 할까요?"
대표 안영수

이지우

　'대표'라는 단어에는 묘한 무게감이 있다. 책임, 성과, 그리고 권위. 그 단어를 떠올릴 때 머릿속에 그려지는 인물은 카리스마 넘치고, 말보다 지시가 많은 사람이었다. 특히나 뮤지컬 〈난쟁이들〉과 〈쿠로이〉처럼 강렬한 인상을 남긴 작품을 만든 제작사의 대표라면, 그 무게는 곱절로 다가온다. 하지만 안영수 대표는 그런 나의 상상을 단 3초 만에 뒤집었다. 우리가 처음 나눈 말은 "가위바위보 하실래요?"였다. 그의 취향을 몰라 종류별로 사온 세 잔의 음료를 두고 그는 게임으로 선택의 우선권을 정하자 제안했다. 허를 찔린 기분이었다. 질문지에 빽빽이 적어둔 '대표다운' 질문들이 무의미해지는 순간이었다. 이 사람은 '대표'가 아니라 '놀이꾼'이구나. 무대를 만들되, 권위는 벗어던진 놀이꾼. 그게 그의 첫인상이었다. 무게보다 가

벼움을, 지시보다 함께함을 더 즐기는 사람. 이 인터뷰는 그런 그가 무대 아래에서 어떻게 '놀이판'을 짜는지에 관한 이야기다.

> "초등학교 1학년 때 2분의 1을 맞추고, '나 좀 똘똘한데?' 했어요. 근데 그게 마지막이었습니다. 수학의 정석만 보면 위축됐죠."

유쾌한 첫인상에 이어, 그의 어린 시절을 물었을 때도 예상과는 다른 답변이 돌아왔다. 어디서나 주목받는 리더였을 것 같았던 그는 오히려 평범한 유년기를 보냈다고 말한다. 다만 교회의 성극 무대에 섰을 때 주목과 박수의 쾌감을 처음 맛봤다고 했다. 발표할 때 손을 번쩍 들고, 박수를 받는 걸 좋아했던 그 소년은 어느새 무대 위의 조명보다 무대 아래 관객의 웃음을 설계하는 어른이 되었다. 그는 어떻게 무대 위가 아니라 무대 아래를 지키는 조력자가 되었을까?

> "앞서 말씀드린 것처럼 주목받는 게 좋았어요. 비슷한 만족감을 주는 걸 찾아다니면서 자연스럽게 연극에 관심이 생겼죠. 대학로 연극에서 권해효 배우를 봤는데, 너무 멋있더라고요. 그래서 연극영화과에 가고 싶었는데 부모님께서 반대하셨습니다."

이후 그는 배우가 되는 길 대신 뮤지컬 관련 회사에 다니는 직장인이 된다. 뮤지컬이라는 말이 낯설던 그 시절. 주먹구구식 시스템 속에서 허드렛일도 가리지 않던 그는, 얼마나 정신없이 일했는지 한참 뒤에야 자신이 꿈꿨던 공연계에 왔음을 자각했다고 말했다. 연극을 처음 접한 건 우연이었고, 배우를 꿈꿨던 건 잠깐이었다. 어쩌다 무대 밖을 선택했지만, 그는 어느새 뮤지컬의 한가운데에 있었다. 운명이나 팔자라는 게 있다면 그를 두고 하는 말일지도 몰랐다. 체계도 기준도 없던 시절, 일단 '해보는' 사람이 먼저였고, 그는 늘 그 중 한 사람이었다.

"대단한 사명이나 꿈이 있었던 건 아니었어요. 선배들이 멋있어 보여서 열심히 따라다녔고, 따라다니면서 열심히 하니까 칭찬을 받았고, 칭찬을 받으니 즐거웠던 거죠."

방향을 몰랐기에 더 많이 부딪혔고, 무대를 중심으로 뻗어나가는 수많은 가능성을 발견할 수 있었다. 그는 그렇게 꿈을 좇기보단 놀이판을 설계하는 쪽을 택했다. 당연한 소리처럼 들리지만, 쉽지 않은 일이다. 사회생활을 조금이라도 해본 사람이라면 알 것이다. 직장에서 따라가고 싶은 사람을 만나는 것도, 그곳에서 능력 발휘를 해 칭찬을 받는 일도, 일과 삶의 균형이라는 말조차 없던 시절에 직장에서 버티며 즐거움을 느끼는 것도. 하지만 그는 뮤지컬에 몸담은 30년을 화려한 성공담으로 포장하지 않았다. 그는 여전히 '내가 뭘 하고 싶은지 찾는 중'이라고 말한다.

"처음부터 대단한 포부를 안고 이 세계에 들어온 것도 아니었고, 그저 재밌어 보이는 일을 따라가다 보니 여기까지 온 거예요."

그래서일까. 일련의 성공에도 여전히 어디론가를 향해 가는 중인 그에겐 시계 수리공을 꿈꾸던 소년 해웅처럼, 반짝이는 호기심이 남아 있다. 그는 '랑'의 대표이자 홍보와 마케팅을 총괄하는 역할을 한다. 잘되면 작품 덕, 안되면 마케팅 탓. 우스갯 소리처럼 들리지만, 그만큼 묵묵히 일해도 티 나지 않는 자리다. 하지만 그는 그 자리를 놀이판처럼 바꿔버렸다. 혹시 진짜 신들린 듯 뭔가 해낸 적은 없느냐는 질문에 잠시 고민하던 그가 입을 열었다.

"쿠로이의 초연 전날, 마지막 리허설을 보고 아쉽다는 생각을 했어요. 공연 전 날이라 더 할 수 있는 게 없었는데 말이에요."

마지막까지 연습하느라 지쳐있는 배우와 스태프들에게 무

언갈 지시하는 대신 부족한 1%를 채운 것은 안영수 대표 본인이었다. 급하게 의상팀에게 부탁해 도깨비 의상을 구해온 그는 직접 분장을 하고, 공연 후 집으로 돌아가는 관객들을 배웅했다. 팥이 든 양갱을 나눠 주며 '귀신들을 달래라'는 재치 있는 인사까지 곁들였다. '집에 가는 길이니까 그렇게 하면 리뷰라도 잘 써줄까 해서요.' 대표님께서 직접 분장을 하셨냐는 놀란 되물음에 그는 머쓱한 듯 이유를 덧붙였다.

이후에도 그는 작품을 홍보하기 위해 일본 순사 분장을 하고 해웅을 잡겠다며 혜화동을 뛰어다니기도 하고, 관객 성불데이를 만들어 무당으로 분하기도 했다. 실제로 〈쿠로이〉의 관객들은 이 이벤트에서 그에게 고민을 털어놓고 엉터리 점괘를 받아갔다. 그것은 홍보가 아니라 '놀이'였고, 놀이였기에 관객들은 더 진심으로 반응했다.

그의 기획들은 정해진 틀을 끊임없이 타파했다. 대표라는 권위도, 공연이라는 엄숙함도 그의 놀이 앞에서는 무용지물이다. 실제로 뮤지컬은 '관크'라는 말이 나올 정도로 관객의 정숙함을 필요로 하는 장르다. 하지만 그는 뮤지컬 〈난쟁이들〉에서 싱어롱데이를 기획해 관객들과 함께 노래를 부르기도 했다. 그런 그에게 개인적인 궁금증이 생겼다. 홍보도 마치 놀이판을 설계하듯 궁리하는 그에게 혹시 창작자로서, 제작자로서 많은 사람을 책임지는 대표로서의 불안감은 없을까?

"매일매일 불안합니다. 하지만 불안함을 다스리는 방법은 없어요. 사실 그 불안에 실체가 없거든요. 귀신을 무서워하는 것과 똑같아요. 귀신이 눈앞에 나타나면 그때 잘 대처해야죠. 귀신이 나타날까 봐 불안에 떨면서 살지는 않잖아요."

대단한 끼를 가지고 있음에도 무대 아래에서 30년의 세월을 보낸 것이 아쉬울 만도 한데, 그는 자신의 역할을 뮤지컬 〈시라노〉에 비유했다. 직접 나서지 않지만, 누군가를 빛나게 만들기 위해 뒤에서 묵묵히 편지를 쓰는 사람. 배우들이 관객에게 직접 편지를 쓰게 한 것도 그의 아이디어였다. 편지를 읽다 울고 웃는 배우와 관객을 보며, 그는 자신이 짠 놀이판이 잘 굴러가고 있음을 느낀다. 그의 무대는 공연장에만 있지 않다. 관객이 티켓을 예매하는 순간부터 집으로 돌아가는 길까지가 모두 공연의 일부다.

그리고 그 공연이 잘 끝나도록, 그는 늘 '한 수'를 더 둔다. 관객들은 이런 그를 '대수'라 칭한다. 모르는 이들은 '대표 안영수'의 줄임말이라 착각할 수도 있지만 '대학로의 안영수'가 진짜 뜻이다. 그는 대표라는 반짝이는 왕관을 내려놓고, 대학로라는 모자를 택하는 사람이다. 이는 관객들의 애정, 그가 무대에 바친 세월이 담긴 일종의 브랜드다. '대수'가 궁리를 해

놀이판을 짜면, 관객과 배우, 제작진이 모여 재밌게 즐기는 것이 그의 공연 아닐까. 그런 그에게 쿠로이 저택은 어떤 공간일까.

> "숨은 실력파 배우들이 드글드글한 곳이에요. 대학로뿐만이 아니라 주연 배우들 같은 경우에 겹치기 출연을 많이 하다 보니까 좋은 역할은 한정적이고, 그걸 맡는 배우들이 정해져 있는 편이죠. 그래서 본의 아니게 빛을 보지 못하는 배우들도 많은데, 쿠로이에선 조연으로 나오는 배우들도 자신의 역량을 빛내는 순간이 있거든요."

눈을 반짝이며 배우들을 자랑하는 그의 말을 들으니 절로 고개가 끄덕여졌다. 〈쿠로이〉에서 만났던 배우들의 얼굴도 선명하게 떠올랐다. 그의 말처럼 대학로에는 아직 조명을 받지 못한 배우들이 많다. 안영수 대표는 그 배우들을 위해 자신만의 시상식을 만들었다. 이름하여 '혜공 인 더 파크 어워즈'. 어쩌면 몇 년 뒤, 이 유쾌한 시상식이 국내에서 가장 권위 있는 뮤지컬 시상식이 될지도 모른다. 그에게 대학로는 귀신들로 가득한 저택이 아니다. 잠재력 있는 배우들이 득실대는 놀이터다. 그는 오늘도 그 놀이터에 판을 짠다. 코믹한 분장도 마다하지 않고, 불안이라는 귀신을 즐거운 웃음으로 밀어내며.

뮤지컬 제작자로서 최고의 칭찬이 무엇이냐 묻자, 그는 당연히 관객의 박수라고 대답했다. 박수를 좋아하던 소년이 만든 공연은 이제 누군가의 하루를, 한 달을, 일 년을 살아가게 만드는 원동력이 되었다. 대표라는 왕관은 무겁다. 하지만 바로 여기, 그 무게감은 잠시 벗어두고, 사람들이 웃고 즐기는 놀이판을 짜는 이가 있다. 그가 바로 안영수, 대수다.

"모두의 약속이 안전히 이행되도록"
_제작 감독 권혜진

이지혁

이지혁 인터뷰어
이과적 시선으로 감정의 실타래를 들여다보는 걸 좋아한다. 소설부터 드라마까지, 미디어 경계를 넘나들며 이야기를 창작하고 변용하는 것에 관심이 많다. 경기과학고등학교를 조기 졸업하고, 연세대학교 경영학과를 거쳐 한국예술종합학교 전문사를 졸업했다. 2023 창의인재동반사업에서 판타지 메디컬 드라마 〈닥터 하프문: 달이 뜨면 찾아오는 구원자〉로 기관 우수프로젝트에 선정되었다.

권혜진 인터뷰이
권혜진은 주식회사 랑의 제작PD로 〈구텐버그〉, 〈쿠로이 저택엔 누가 살고 있을까〉, 〈난쟁이들〉, 〈시데레우스〉〈베르테르〉, 〈젊음의 행진〉 등에 참여하였다. 모두의 약속이 이행되는 순간에 매료되어 공연 일을 시작하였고, 지금은 모두의 약속이 안전히 이행되도록 노력하고 있다.

"모두의 약속이 안전히 이행되도록"
제작 감독 권혜진

이지혁

똑딱. 똑딱. 해웅은 아기 주먹만 한 시계판을 들어내기 위해 핀셋을 움직였다. 시침과 분침이 오차 없이 움직이기 위해선 스프링이 정확한 위치에서 일정한 압력을 제공해야 했다. 해웅은 정교하게 놓인 기어와 레버 사이로 조심스럽게 스프링을 올렸다. 앗, 빗나갔다. 0.0005cm 왼쪽으로.

〈쿠로이〉의 주인공 해웅의 직업은 시계수리공이다. 복잡하게 얽힌 톱니바퀴 사이에서 오류를 잡아내고 생명을 불어넣는 사람. 그는 시침과 분침이 약속한 위치에서 맞물리도록 끊임없이 조율한다.

만약 해웅이 현대의 뮤지컬 제작진으로 다시 태어난다면 어떤 모습일까? 무대를 하나의 커다란 시계라고 가정한다면, 18개의 곡이 흘러나오는 오르골 상자라고 상상한다면 해웅은 그곳에서 무슨 일을 하게 될까? 본성을 간직하고 있다면, 아마 무대에서도 시계수리공과 비슷한 일을 찾아낼 것이다. 배우들의 동선을 면밀하게 파악하고, 큐 시트의 타이밍을 관리하며 모두의 약속이 정확히 이행될 수 있도록 하는 일 같은 것 말이다. 대학로에서 만난 〈쿠로이〉의 제작 감독 권혜진은 해웅의 모습과 꼭 닮아 있었다.

"공연은 모두의 약속으로 만들어지는 거예요. 저는 약속이 이행되는 과정에서 매력을 느껴요. 제가 공연을 좋아하는 이유도 그 때문이에요."

연습실부터 시작해서 테크 리허설, 드레스 리허설을 거치며 만들어진 무수한 약속은 일종의 시계 설계도와 같다. 수십 개의 톱니바퀴가 맞물려 돌아가듯, 각자의 위치에서 서로의 약속을 이행하는 것이 공연의 필요조건이라고 권혜진은 설명했다.

"가령, 배우가 어떤 대사를 할 때 어떤 음향이 나올 것인지, 어떤 액팅을 할 때 어떤 조명이 나올 것인지가 모두 약속으로 짜여 있어요. 흔히 '애드리브'로 알려진 즉흥성의 묘미 역시도, 사실은 약속의 연장선이에요."

공연은 라이브로 이루어지기 때문에 배우들이 어떻게 마음

먹느냐에 따라 시간을 당길 수도 있고 늘릴 수도 있다. 그렇기에 약속은 어느 때보다 중요하다. 혹여라도 일방이 약속을 깨뜨리면 다른 사람들은 속수무책으로 끌려갈 수밖에 없기 때문이다. 서로가 실수한 사람으로 낙인찍히는 것도 문제지만, 그보다 더 큰 문제는 작품 전체가 무너질 수도 있다는 사실이다. 호흡이 늘어지기 때문이다.

"〈쿠로이〉는 코미디 장르라는 특성상 타 뮤지컬 대비 호흡이 더욱 중요한 작품이에요. 다른 말로, 촘촘한 약속이 수없이 모여 이루어진 집합체라는 뜻이기도 하죠. 저의 가장 큰 역할은 서로의 약속이 안전히 이행되도록 책임지는 거였어요."

새로운 에너지를 받아 가는 게 좋아 어렸을 때부터 공연을 즐겨봤다는 권혜진이 〈쿠로이〉 팀과 만난 건 충무아트센터 창작 지원 프로그램 '블랙앤블루'에서였다.

"30분짜리 리딩 공연 여섯 편이 이어졌는데, 〈쿠로이〉는 마지막 즈음에 있었어요. 그 팀은 무대에 들어올 때부터 뭔가 다르게 느껴졌어요. 기운찼고, 에너지가 느껴졌죠. 그 에너지가 관객들에게도 닿을 거라 확신했어요."

권혜진은 〈쿠로이〉를 '에너지를 밖으로 드러내는 뮤지컬'

이라고 평가했다. 하지만 무엇이든 에너지가 과하면 피로를 주기 마련이다. 권혜진은 바로 그 부분에 〈쿠로이〉만의 차별점이 있다고 설명했다.

"모두가 한 번에 에너지를 드러내면 보는 사람이 피곤해져요. 누군가는 에너지를 잡아주는 역할을 해야 하죠. 하지만 배우에게는 (분출하려는 에너지를) 참고 견디는 순간이 가장 힘들어요. 뽐낼 수 있음에도 하지 않는 거니까요."

〈쿠로이〉에는 옥희를 제외하고도 네 명의 귀신이 더 나온다. 선관 귀신, 아기 귀신, 처녀 귀신, 장군 귀신이 그들이다. 얼마나 에너지가 넘치는지, 그들은 집을 뒤흔들고, 침입자를 내쫓고, 심지어 관객들과의 소통을 시도한다. 그중 유일하게 에너지를 꾹 참고 있는 것이 바로 장군 귀신이다.

"〈쿠로이〉에는 선관 귀신, 아기 귀신, 장군 귀신이 관객들과 벽을 허무는 장면이 나와요. 그때 장군 귀신이 무언가 말을 하려다 말아요. 의도적으로 말을 참는 거예요. 애초에 작가님이 그런 역할을 주시기도 했지만, 그것을 주연 배우가 너무 잘 해주었죠. 만약 장군 귀신까지 자신을 뽐내기 위한 아이디어를 숨기지 않았다면 관객은 숨 쉴 구멍을 찾지 못했을 거예요."

에너지의 미학은 '드러냄' 보다 '조율'에 있다는 권혜진의 말. 듣다 보니 그의 작업 방식도 그와 같다는 생각이 들었다. 빛나는 것들을 적재적소에 두는 영리함, 서로가 서로를 빛낼 수 있도록 조율하는 섬세함이 그랬다.

"저는 공연 후에 관객분들이 칭찬해 주실 때가 너무 좋은데요. 〈쿠로이〉를 보고 나오신 관객분들이 '배우가 다 했네?'가 아니라 '연출 안무 조명 음향 음악 영상 의상 배우들까지 다 좋았어!'라고 말씀해 주셔서 기뻤어요."

그의 말을 뒷받침하듯, 〈쿠로이〉는 작품상, 극본상, 음악상 등 전 제작 과정에 걸쳐 우수한 성과를 거두었다. 그랬기 때문일까. 제작사에서 처음 〈쿠로이〉를 제작하기로 선택한 결정은 사실 손해를 감수한 도전이었다는 사실이 믿기지 않았다.

"저는 〈쿠로이〉가 새로움 때문에 사랑받았다고 생각해요. 하지만 그 말은 곧 (대중성이) 검증되지 않았다는 뜻이기도 하죠. 대학로에서 소위 인기 있다고 하는 주제나 구성, 소재가 아니었으니까요."

분명히 좋은 작품이었지만 흥행 공식과는 거리가 있는 데다 소재도 새로웠기 때문에 제작사 입장에서는 리스크가 있다고 판단했던 것. 짧은 기간 동안 공연하는 초연의 경우는 입소문을 탈 시간도 부족하니 당연히 손익분기점까지 도달할 수 없을 거라고 예상했다. 하지만 결과는 놀라웠다. 제작사의 예상과 달리 초연에서 벌써 수익 분기를 달성한 것이다. 한국문화예술위원회의 지원금을 감안하더라도 대단한 결과였다. 어떻게 이런 일이 가능했던 걸까.

> "작품성을 높이면서도 대중적 시각을 끊임없이 주지시키는 것이 제 역할이자 제작사의 역할이에요. 독창적인 대본을 한정된 예산안에서 얼마나 대중적으로 풀어낼 것인지를 찾는 것이 중요하죠."

대중성이라고 하면 다소 거창하게 들릴 수도 있지만, 결국 관객의 시선을 놓치지 않는다는 의미다. 마케팅 직무로 공연 업계에서 일을 시작한 권혜진은 본인의 경력을 발판 삼아 〈쿠로이〉 작품이 궤도 위에 오르도록 끊임없이 조율했다. 바로, 그가 누누이 언급한 '약속'을 기반으로 한 조율이었다.

> "저는 사람들이 '감독'하면 흔히 떠올리는 친화력 좋은 캐릭터가 아니에요. 회식보다는 사무실, 잡담보다는 일 얘기를 더 좋아해요. 제가 잘할 수 있는 일을 찾다 보니까, 빠지는 걸 챙기는 데에 더 집중하게 되더라고요."

전형적인 감독 캐릭터와 다르다 보니 되려 '나 같은 사람도 잘할 수 있는 일이 있겠지?' 고민했다는 그. 그는 자신이 할 수 있는 방식으로 무대를 제작했다. 시계의 심장을 들여다보고 면밀하게 조율하는 해웅처럼, 권혜진은 무대가 빛날 수 있도록 서로의 약속을 조율하고, 그 약속이 안전히 이행되도록 책임진 것이다.

"제 꿈은 〈쿠로이〉가 계속해서 좋은 작품이라는 평을 얻어 15주년, 25주년 콘서트를 하는 거예요. 〈레미제라블〉처럼요. 제게 '쿠로이 저택'은 다른 작품을 할 수 있는 원동력이 된 곳이자, 우리 스스로도 이런 거 할 수 있다는 확신을 얻은 곳이에요."

빛나는 순간의 이면에는 촘촘한 계획이 있다. 톱니바퀴처럼 맞물리는 약속들이 면밀하게 이행되는 곳. 권혜진이 지킨 무대 위에는 〈쿠로이〉가 산다.

"무대에서 한계를 두지 마세요.
안 되는 건 없어요!"
_의상 디자이너 김미정

장유솔

장유솔 인터뷰어
드라마 작가. 부산MBC 〈오늘은 뭐묵지?〉, 웹드라마 〈네 맛대로 하는 연애〉 등 여러 편의 크고 작은 드라마를 집필했고 넷플릭스 〈내일 지구가 망해버렸으면 좋겠어〉를 구성했다. 편성을 기다리는 미니시리즈 두 편이 있으며 2025 콘텐츠 창의인재동반사업, 2020 SBA 한류문화콘텐츠 창작지원 사업, 2018 한국콘텐츠진흥원 뉴미디어 방송콘텐츠 지원 사업 등에 선정되었다.

김미정 인터뷰이
2005년 뮤지컬 〈맨 오브 라만차〉 초연을 시작으로 뮤지컬 〈그리스〉, 〈지킬앤하이드〉, 〈브로드웨이 42번가〉, 연극 〈오이디푸스〉, 〈리처드 3세〉, 〈맥베스〉, 오페라 〈돈 조반니〉, 〈아이다〉 등의 의상디자인을 담당했다. 국립발레단 카네기홀 공연 의상, 뉴욕 갤러리 의상 전시회, 일본 현지 공연 등을 통해 해외에서도 활발한 활동을 선보였으며 의상 제작소 '시마'를 설립해 CEO로서 의상디자인 활동을 이어가고 있다.

"무대에서 한계를 두지 마세요. 안 되는 건 없어요!"
의상 디자이너 김미정

장유솔

  티켓을 손에 쥐고 자리에 앉는다. 잠시 후 불이 꺼지고 극장이 조용해진다. 두근두근 심장이 기분 좋게 뛰기 시작한다. 어떤 이야기가 펼쳐질까?

  막이 오르고 한 남자가 등장한다. 고전적인 분위기의 정장 조끼를 입고 어깨엔 커다란 서류 가방을 메고 있다. 목에 붉은 스카프를 두른 모습은 꼭 20세기 초중반 경성에서나 볼 법한 차림새다. 남자는 누군가에게 쫓기기라도 하는지 가방끈을 꽉 붙잡은 채로 주위를 두리번거리는데 아무래도 중요한 물건을 가지고 있는 것 같다.

  그리고 한 여자가 있다. 여기저기 기운 흔적이 가득한 누더기 한복에 분홍색 목도리를 한 차림새가 인상적이다. 귀엽게 양 갈래로 묶은 머리를 보니 나이가 꽤 어린 것 같다. 형편이

넉넉하지 못한 어린아이인데 하필 일제강점기 시대라니, 평범하지 않은 이야기가 펼쳐질 것 같은 예감이다.

배우의 입에서 대사가 나오기도 전에 우리는 의상만으로 그들의 시대와 신분 그리고 삶의 궤적까지 읽어낸다. 그런 의미에서 무대의상은 단순한 '의복'이 아니다. 관객에게 캐릭터를 소개하는 첫인상이며 이야기를 전달하는 또 하나의 언어이다.

앞서 무대 위에서 마주한 도망자와 어린아이는 뮤지컬 〈쿠로이〉의 인물들이다. 치열한 상상력과 섬세한 손길로 그들에게 완벽한 옷을 입혀준 한 사람, 김미정 의상디자이너를 만나 무대 위에 오르기까지 의상에 담긴 고민과 과정을 직접 들어보았다.

"의상디자이너가 되어야겠다고 마음먹은 계기는 스물두 살 무렵 오페라 〈마술피리〉를 관람했을 때예요. 원래도 어린 시절부터 인형 옷을 만들며 노는 걸 좋아했는데, 웅장한 무대 위에서 독특한 드레스를 입은 마녀가 '밤의 여왕 아리아'를 부르는 순간, '내가 만들고 싶어 하는 건 저런 옷이구나!' 하고 깨달았어요."

그렇게 그는 무대의상이라는 세계에 발을 들였지만 그 여정은 순탄하지 않았다. 당시 국내에는 무대의상을 체계적으로 배울 수 있는 교육 과정이 없었고 본격적으로 다루는 전공도 존재하지 않았기 때문이다. 무대의상디자이너를 꿈꾸는 이들은 대부분 해외로 향했고 그 역시 8년 동안 뉴욕에서 공부할 수밖에 없었다.

그럼에도 끝까지 패션 브랜드나 기업에 들어가는 안정적인 길을 택하지 않은 것은 무대의상만이 주는 매력 때문이었다. 현실의 유행을 따를 필요도, 정해진 틀에 맞출 필요도 없는 무대는 일상에서 보기 힘든 다양한 디자인과 재료를 마음껏 활용할 수 있는 무한한 가능성의 공간이었다.

정답이 없기에 그는 무엇이든 시도할 수 있었고 그만큼 더 창의적일 수 있었다. 가령, 거지 캐릭터를 표현할 땐 원단 대신 포대 자루를 잘라 붙이고 냄비를 덧대기도 했다. 그러다 보니 사슴뿔, 나무토막처럼 고정관념을 깨는 재료를 이용해 의상을 만드는 일이 자연스러워졌다.

"무대에서 한계를 두기 시작하면 디자인 자체가 어려워져요. 이 직업의 가장 큰 매력은 바로 그 '한계 없음'에서 비롯된 자유로움이에요. 내가 상상한 대로 새로운 세계를 창조할 때 엄청난 성취감을 얻죠."

김미정은 2005년 뮤지컬 〈맨 오브 라만차〉로 데뷔한 이후 오페라·연극·영화·드라마·발레·퍼레이드 쇼 등 수많은 작품을 거치며 무대의상을 디자인했지만 그중에서도 뮤지컬 〈쿠로이〉가 특별한 기억으로 남는 데에는 이유가 있다. 그 어떤 작품보다도 완전히 새로운 창작 작업이었기 때문이다.

대극장에서 하는 공연들은 대부분 해외 유명 작품의 라이선스를 가져와서 재연하는 시스템으로 이루어진다. 의상 또한 기존의 디자인을 재현하는 방식이 대부분이다. 반면 〈쿠로이〉는 국내 소극장에서 만들어진 100% 창작 뮤지컬로 아무것도 없는 상태에서 창작진 모두가 머리를 맞대며 시작되었다.

> "처음엔 생소하게 느껴졌어요. 그런데 할수록 너무 흥미롭더라고요. 특히 이 작품은 전래동화를 바탕으로 한 것도 아니잖아요. 흔치 않은 순수 창작극이라 그런지 꼭 '우리가 만든 전래동화'처럼 느껴져요."

해당 작품을 만드는 과정에서 가장 많은 고민을 안겨준 질문은 '기존의 뮤지컬 작품과 차별화될 수 있도록 다르게 표현하는 것'이었다. 특히 '귀신'이라는 비현실적인 캐릭터를 무대 위에서 어떻게 구현할 것인지가 중요한 과제였다. 귀신을 맡은 배우들이 일인다역을 소화해야 했기에 짧은 환복 시간까지 고려한 해결책이 필요했다.

길고 긴 고심 끝에 김미정은 귀신을 야광처럼 보이도록 연출하는 아이디어를 떠올렸다. 조명이 꺼지면 귀신이 '발광'한다는 것이 포인트였다. 그는 조명 감독에게 라이트를 UV로 바꿔 달라고 부탁했고 형광 원단을 활용해 어두워지면 발광하는 귀신의 기묘한 분위기를 완성해 냈다.

같은 배우가 귀신과 인간의 역할을 오가는 만큼 각 인물의 이미지가 명확히 대비되는 것에도 신경을 많이 썼다. 예를 들어 인간일 때 스마트한 인물이었다면 귀신일 때는 어딘가 어눌한 느낌이 들도록 디테일을 조정해 의상을 제작했다. 그렇다고 너무 전형적인 방식으로 분리하면 캐릭터가 자칫 평면적으로 보일 수 있으므로, 처녀 귀신은 긴 머리를 늘어뜨린 전통적인 모습 대신 쓰개치마를 씌워주는 방식으로 신선한 이미지를 연출했다.

새로운 방식으로 캐릭터를 구현하는데 성공했음에도 김미정에게는 실질적인 의상 제작에 대한 또 다른 고민이 남아 있었다. 종종 소극장은 규모가 작아 의상 작업량도 적을 것이라는 오해를 받는데 그는 그런 의견에 단호히 고개를 저었다.

"물론 등장인물 수만 보면 대극장에 비해 적을 수 있지만, 소극장은 무대와 객석의 거리가 가깝기 때문에 관객이 배우의 의상을 더욱 디테일하게 관찰할 수 있어요. 그래서 무대가 작을수록 오히려 더 치밀하고 정교하게 작업해야 해요."

이런 작업의 핵심으로 김미정은 '시대상 고증'을 꼽는다. 배경이 되는 시대의 의복·소재·색감·실루엣까지 꼼꼼하게 따지지 않고 예쁘기만 한 옷으로는 관객들을 납득시킬 수 없기 때문이다.

완성된 옷을 찢고 다시 덧대는 '작화 작업'은 고증을 위한 필수 작업이다. 그는 쿠로이 저택의 장군 귀신을 표현하기 위해 옷을 만들고 찢고 덧칠하고 또다시 찢는 과정을 무려 일주일 동안 반복했다. 그렇게 공들여 세월의 흔적을 덧입힌 뒤에야 해당 캐릭터는 그냥 장군 귀신이 아닌 '100년 묵은 장군 귀신'이 될 수 있었다.

하지만 애정을 담아 만든 옷을 제 손으로 찢고 더럽히는 일은 의상디자이너로서 언제나 마음이 아픈 일이다. 완성도 높은 무대를 위해서라면 기꺼이 감수해야 한다는 각오로 단념하기를 수년째. 그렇게 수많은 작품을 거치며 깨달은 건, 무대의상이란 손이 많이 가는 작업을 넘어 창의성과 집중력, 그리고 끝까지 해내는 끈기까지 요구된다는 사실이었다. 게다가 라이브라는 공연의 특성상 실수는 허용되지 않는다. 끊임없는 긴장과 압박 속에서 김미정도 한 때는 이 세계를 떠나고 싶었던 적이 있었다.

"너무 힘들어서 그만두고 뉴욕으로 간 적이 있어요. 그런데 3개월 쉬고 있으니까 우울증이 오더라고요. 그래서 다시 공연 일을 시작했더니 밤새 공부까지 하면서 날개 달린 것처럼 일했어요. 난 이거 안하고는 못사는 사람이구나 싶었죠."

무대로 돌아온 뒤, 그는 수많은 작품에서 의상을 책임지며 다시 자신의 자리를 굳혀나갔다. 그리고 마침내 배우들로부터 '이렇게 좋은 옷은 처음 입어 봐요'라는 말을 들었다. 관객들 역시 '의상이 다 했네'라며 감탄을 더 했다. 그 말들은 수많은 밤을 지새우며 열정과 노력을 쏟은 끝에 받은 가장 따뜻한 보상이었다.

이제는 익숙하게 무대를 지키고 있지만 돌이켜보면 잠도 제대로 자지 못해 길에서 쪽잠을 청한 적도 있었다. 하지만 그는 웃으며 말한다.

"3일 내내 바느질만 해도 이걸 앞으로 100년 더 해야 하는 건 아니잖아요. 조금만 더 하면 끝난다고 생각하면서 그 과정을 재미있게 받아들이려고 해요."

무대는 항상 고되고 날마다 새로운 아이디어를 필요로 하며 끝날 듯 끝나지 않는 작업의 연속이다. 하지만 어떤 곳에서든 '1%가 되고 싶다'는 다짐과 함께 그 시간을 즐기며 묵묵히 걸어온 김미정. 그렇게 한 걸음씩 쌓아 올린 시간 끝에 다짐은 현실이 되었고 어느새 데뷔 20주년을 맞이하게 되었다.

지금도 무대 뒤에서 또 다른 캐릭터를 짓고 꿰매고 있을 그가 펼쳐낼 앞으로의 20년은 또 얼마나 다채롭고 매혹적일까? 두근두근 심장이 설렘으로 가득 찬다.

"내가 가는 길이 맞다는 확신"
_ 작곡·음악 감독 김보영

전혜린

전혜린 인터뷰어
2025 영남일보 신춘문예 단편소설 〈사실 나도 케이크가 아닐까〉로 등단했다. 순문학과 장르물을 넘나들며, 제41회 계명문학상 장르소설 부문에서도 수상했다. 경계 넘기가 적성에 맞아 뮤지컬 분야에서도 활동 중이다. 창작집단을 통해 뮤지컬 〈플라스틱 꽃〉, 〈아이〉, 〈유레카〉를 공연했고, 제9기 DIMF 아카데미에서 창작자 과정을 수료했다. 최근 콘텐츠 창의인재동반사업에 뮤지컬 극작 멘티로 선정되었다.

김보영 인터뷰이
제6회 한국뮤지컬어워즈 음악상을 수상했다.
작곡가 겸 음악감독. 뮤지컬 〈구텐버그〉의 음악감독, 〈어차피 혼자〉, 〈더 모먼트〉의 협력 음악감독으로 활약했다.

"내가 가는 길이 맞다는 확신"
작곡·음악 감독 김보영

전혜린

"다시 생각해 보세요."

 뮤지컬 지망생들에게 해주고픈 말이 없냐는 나의 질문에 김보영 작곡가가 그렇게 대답했을 때, 아무래도 망한 것 같다는 생각이 불거졌다. 업계 선배의 격려나 팁을 바라고 가볍게 던진 물음이건만, 김보영은 한참을 고심하다 쓰읍 입소리까지 내며 향후 이 책을 보게 될 지망생들을 만류했다.
 김보영을 직접 만나기 전까지 내 머릿속 그의 이미지는 어떤 고난에도 낙천적인 미소를 잃지 않는 들장미 소녀 캔디였다. 지난 인터뷰들에서 그는 긍정적인 에너지를 주는 작품을 선호한다고 답했으며, 반복적으로 희망과 막연한 믿음을 강조해 왔다. 그에 맞춰 질문과 예상 답안들을 계획했다. 준비된 대본을 따른다면 인터뷰는 성공적일 듯싶었다. 그런데, 아뿔싸. 현장에서 마주한 인터뷰이는 시니컬하기 그지없는 사람이었다.

"진짜 잘 생각해 보세요. 취미가 더 좋은 경우도 있어요."

뮤지컬은 놀이동산과 같아서, 그곳을 방문한 관객들은 환상의 세계에 매료된다. 그러나 놀이동산을 짓는 일은 어떨까. 황무지를 평탄하게 다지고, 아스팔트와 보도블록을 깔고, 초목을 심고, 놀이기구를 세우고, 티켓을 팔고, 풍선을 불고, 밤마다 불꽃을 쏘고… 무에서 유를 창조하는 힘겨운 작업이 수반된다.

다행히도 뮤지컬은 팀 프로젝트다. 각자 역할을 나눠 분업 체계로 일하기에 본인의 파트에서 맡은 바를 다하면 무사히 공연을 올릴 수 있다. 이때 기반이 되는 건 작가의 대본이다. 놀이동산의 설계도와 같은 대본만 완성된 상태라면 뒷일은 어렵지 않다. 작곡가는 대본을 분석하여 극의 전체적인 곡 컨셉을 구상하고, 각 장면에 어울리는 넘버를 창작함으로써 소임을 다할 수 있다. 문제는, 뮤지컬 〈쿠로이〉의 대본이 없었다는 것이다.

〈쿠로이〉는 충무아트센터의 뮤지컬 공모전 〈블랙앤블루〉

에 당선되면서 제작이 시작되었다. 당시 공모전에 제출한 자료는 전체 대본이 아닌 트리트먼트에 불과했다. 김보영은 트리트먼트만으로 작품의 음악적인 톤을 짐작해야 했다.

> "각 장면의 쪽대본을 바탕으로 작곡 작업에 들어갔어요. 그래서 전체적인 톤을 잡기가 어려웠죠. 다만, 트리트먼트 상 소동극이고 템포가 빠르다고 느껴졌어요. 그래서 장르적인 특성이 강한 곡들이 나온 거 같아요. 철저하게 대본에 맞춘 결과였죠."

그렇게 〈쿠로이〉는 다양한 음악 장르가 혼재하는 작품이 되었다. 넘버 〈벗겨〉는 삼바, 넘버 〈풍금을 쳐줘〉는 보사노바, 넘버 〈오세요〉는 스윙 재즈 스타일을 차용했다. 넘버 〈저걸봐〉의 경우, 어떤 장르도 어울리지 않아 제3세계의 음악까지 참고하며 고심했다.

다양한 악기로 구성된 반주는 공연 중 MR로 송출되었다. 작업상의 편의를 위해 라이브가 아닌 MR을 선택한 걸까? 그 물음에 김보영은 예산 때문에, 라고 간략히 답했다. 그는 본디 라이브에서도 다양한 악기를 사용해 왔다. 〈쿠로이〉도 초연 라이브 땐 베이스를 3개나 썼다. 리드 연주자는 플롯, 클라리넷, 색소폰, 쉐이커 등 10개 남짓한 악기를 사용하기도 했다. 그야말로 낙원상가 같은 풍경이었다. 그런 김보영이 〈쿠로이〉

재연을 MR로 진행한 것은 한정된 예산의 벽 앞에서 어쩔 수 없는 선택이었다.

MR보다는 라이브 연주가 공연의 현장감을 살리기 적합하다. 그래서 작곡가들은 특수한 상황(전통 악기를 사용하거나, 효과음이 많은 경우)이 아니라면 대부분 라이브를 선호한다. 그럼에도 제작 사정상 MR만이 유일한 선택지일 때가 있다. 연주자를 섭외할 만한 예산 형편이 되지 않거나, 무대가 좁아 악기를 놓을 만한 충분한 공간적 여유가 나오지 않는 경우다.

"MR로 진행하게 되었지만, 현장감을 최대한 살리고자 했어요."

그렇게 말하는 어조가 뜻밖에도 담담했다. 기대에 미치지 못하는 일이 발생했을 때, 김보영은 낙담하기보단 그저 최선을 다하고자 노력했다. 그 동력은 어디서 오는 걸까? 인터뷰를 위해 준비한 나의 대본이 초장에 휴지 조각이 된 것처럼, 〈쿠로이〉 또한 완벽한 설계도나 넉넉한 예산도 없이 짓기 시작한 놀이공원이었다. 그런 상황에서도 쇼는 계속되어야 한다고, 나아갈 수 있는 강인한 자가 얼마나 될까.

뮤지컬 작업은 수많은 변수와 한계를 맞닥뜨리는 일이다. 공연 제작에 집중하기도 바쁘건만, 외부의 상황도 장밋빛은 아니다. 이번 작품을 성공적으로 공연한대도, 다음 작품도 그러하리란 보장이 없다. 어렵게 몇 작품을 올리고 제법 유명세를 얻어도 수중에 떨어지는 돈은 얼마 되지 않는다. 일은 고되고 대가는 적다. 그렇다고 베스트셀러 소설가, 스타 드라마 작가처럼 대중적으로 소위 대박이라 불리는 사례가 있는 것도 아니다. 그 불확실한 미래를 향해 김보영은 어떻게 계속 걸어가는 걸까. 내가 가는 길이 과연 맞는지, 그런 의문이 피어오른 적은 없을까? 이에 김보영은 넘버 〈다롱디리〉의 요시다 빙의 장면을 떠올리며 대답했다.

> "사실 전 확신을 가지지 못했어요. 관객들에게 이 장면이 제대로 설명될까? 첫 공연을 올리기 직전까지도 의문이었죠. 개막날 관객들의 반응을 확인하고 비로소 확신을 가졌어요. 팀원 모두가 빙의된 것처럼 온 힘을 다했기 때문에 성공적으로 해낸 장면이었죠. 어떤 초연 배우는 랩을 짜오기도 했고, 제작진들이 혼신의 힘을 다해 동선과 음악도 수차례 수정했어요."

불가능해 보인 일을 다 함께 해낸 경험 때문일까. 김보영에게 〈쿠로이〉는 단순한 작품이 아닌, 초심을 일깨워주는 원동력으로 남았다. 그는 과거 뮤지컬 〈공동경비구역 JSA〉에서 조감독으로 일하며 처음으로 협업의 아름다움을 경험했다. 〈쿠로이〉는 그런 이상적인 협업이 실제로 실현된 공간이었다. 초연 트라이아웃 준비 기간에는 전 스태프가 오전 11시부터 오후 10시까지 연습실을 떠나지 않았다. 매일 같이 모여 온종일 소통하며 제작에 공을 들였다. 각 파트의 아이디어들은 그렇게 조금씩 조화를 이루고 끝내 명장면을 만들어냈다. 그날의 기억은 김보영에게 뮤지컬을 계속하는 이유로 자리 잡았다.

"뮤지컬은 팀플이에요."

김보영의 한 마디에 많은 의미가 담겨있었다. 뮤지컬은 기본적으로 협업 프로젝트다. 그 점을 지망생들을 다시, 생각해보아야 한다. 누군가와 함께 일하는 상황, 나와 다른 의견을 따르는 것이 힘들다면 상처를 받을 수 있다고 그는 조언했다. 충분히 고심하고, 타인에게 열린 마음으로 일을 시작할 수 있다면 좋겠다는 당부였다.

동시에, 뮤지컬은 팀원들 덕에 원동력을 얻는 분야다. 가장 힘든 것도 사람, 가장 힘이 되는 존재도 사람인 것이다. 김보영은 그 사실을 반추함으로써 확신 어린 걸음을 내디딜 수 있었다.

"희망이자, 삶의 원동력이 될 수 있는 극을 만들고자 해요. 작품을 본 관객들과 공연을 한 배우들 모두 기분 좋게 극장을 나가면 좋겠어요. 당장은 〈쿠로이〉 시즌2를 계획 중이에요. 상해에 도착한 주인공 박해웅이 형과 재회하고, 그곳의 또 다른 귀신들을 만나면서 벌어지는 이야기가 될 거예요. 대극장으로 구상했고, 각 앙상블이 조연급의 비중을 가질 수 있도록 서사를 부여하는 중이에요. 표상아 작가님이 무척 고생하고 계시죠."

김보영이 꿈꾸는 미래. 그곳은 막연하지만, 확신으로 가득 찬 공간이었다. 인터뷰를 끝마치고 나는 다시금 생각해 보았다. 오늘날까지 올려온 공연들을, 앞으로 올릴 공연들을. 그리고 함께했던, 지금도 함께하는 동료들을. 훗날 만나게 될 작품과 사람들을 상상하자 불현듯 마음속에 막연한 확신이 불거졌다.

"Life is being, 그 공간에
있어야 할 것들이 그대로 존재하는 것"
_음향 디자이너 권지휘

정찬영

정찬영 인터뷰어
중앙대학교에서 영화를 전공했다. 글로 쓰거나, 카메라로 찍거나, 조명기를 달궈서 이야기를 만들어왔다. 3편의 독립 장편 영화에 촬영팀으로 참여했고 스톱모션 애니메이션 〈쓰레기의 섬〉의 촬영감독, 영화진흥위원회 단편 지원작 〈운전연수〉의 조명감독으로 참여했다. 두 작품 모두 부천국제판타스틱영화제에서 관객을 만났다. 이외에도 여러분이 본 콘텐츠에 어쩌면 정찬영이 함유된 것이 있을지도 모른다. 현재는 나의 이야기를 더 많은 사람에게 보여줄 방법을 모색하고 있다.

권지휘 인터뷰이
2012년 〈커피프린스 1호점〉을 시작으로 지금까지 수많은 연극, 뮤지컬 작품의 음향을 디자인했다. 대표 참여 작품: 〈쿠로이 저택엔 누가 살고 있을까〉, 〈여신님이 보고 계셔〉, 〈랭보〉 외 다수.

"Life is being,
그 공간에 있어야 할 것들이 그대로 존재하는 것"
음향 디자이너 권지휘

정찬영

혹시 기억에 남는 심판이 있는가? K리그나 KBO 같은 프로 스포츠 경기를 즐겨보지 않는 사람이라도 머릿속을 스치는 심판이 한 명 정도는 있을 것이다. 아마 그 심판이 기억에 남은 이유는 그가 공정하고 정확한 판단으로 이견 없는 명경기를 만들었기 때문은 아닐 것이다. 당신의 머릿속에 떠오른 심판은 대부분 치명적 오심을 저질러 다른 의미로 명경기를 만들었기 때문에 기억에 남았을 것이다. 오히려 공명정대한 심판은 기억에 남기 힘들다. 경기 진행이 심판 덕분에 매끄러웠다면, 관객은 심판이 아닌 경기의 내용과 경기장 위에서 땀 흘리는 선수들에게 집중할 수밖에 없다. 창작 뮤지컬 〈쿠로이〉의 권지휘 음향 디자이너의 입에서 들은 음향 디자이너의 입장도 심판과 크게 다르지 않았다.

"공연이 끝나면 관객분들이 리뷰 같은 것을 써주시잖아요. 무대가 예쁘다, 노래가 좋다, 글이 좋다 이런 건 당연한 거고 배우들이 연기를 잘한다, 조명이 예쁘다 이런 얘기는 막 나와도 음향은 아무 얘기가 안 나오는 게 가장 좋아요."

이 글을 읽고 있는 여러분은 뮤지컬 애호가 혹은 최소한 〈쿠로이〉를 재밌게 본 사람일 것이다. 그렇다면 음향 디자이너가 뮤지컬 속에서 어떤 역할을 하는지 알고 있는가? 음악이 아니다. 음향이다. 작곡가나 음악 감독과는 다르다. 이런 질문을 던진 나 역시 인터뷰를 준비하면서부터 비로소 음악 감독과 음향 디자이너를 구분할 수 있었다. 그래서 대중들에게 다소 생소한 음향 디자이너라는 직업에 대해 다른 어떤 질문보다도 가장 먼저 그에 물었다.

"기술적으로는 극이 잘 운영될 수 있도록 청각적인 장치를 다루는 것이고, 극에 맞는 청각적 공간을 만들기 위하여 디자인하는 것이 음향 디자이너가 하는 일이라고 생각해요."

'극에 맞는 청각적 공간을 만드는 일'이라니, 꽤 심오한 작업이 관객석 뒤에서 진행되고 있었다. 그가 답한 음향 디자인을 쉽게 풀어보자면, 뮤지컬에서의 음향 디자인이란 배우의 목소리부터 시작해 악기들의 소리, 효과음 등 관객의 귀로 들어가는 모든 소리를 만들고 다듬는 작업이다. 뮤지컬의 얼굴마담인 배우도 모든 장면에 등장하지는 않는다. 하지만 음향 디자이너가 만진 소리는 모든 장면에 등장한다. 어쩌면 뮤지컬 속에서 음향 디자이너의 분량은 배우보다도 많은 셈이다.

그가 〈쿠로이〉의 모든 소리를 디자인했다고 생각하니 우리 몰래 진행된 일치곤 큰 비중이라는 생각이 든다. 그럼에도 그가 추구하는 자신만의 음향 디자이너로서의 색깔은 비중의 대소와 같은 정량적 요소에서 거리가 멀었다. 그는 자신이 생각하는 좋은 음향 디자인을 설명하면서 짤막한 영어 문장 하나 꺼냈다.

"정확한 영어 표현인지는 모르겠지만, 'Life is being'이라는 표현이 있어요.
그 공간에 있어야 할 것들이 그대로 존재하는 것, 혹은 그런 공간."

'Life is being', 이 문장은 분명 초중등 영단어로만 이루어진 문장이다. 하지만 그 뜻을 제대로 이해하려니 왠지 모르게 실존주의 철학책을 펴야 할 것 같아 머리가 아파진다. 다행스럽게도 그가 풀이해 준 뜻은 그리 어렵지 않았다. 오히려 당연하고 단순했다. '그 자리에 있어야 할 것들이 그저 그 자리에 있는 것.', 그는 〈쿠로이〉뿐만 아니라 어떤 작품이든 항상 이런 목표를 향해 작업에 임한다고 말했다. 이는 그가 〈쿠로이〉를 준비하는 과정에서 연출가와 나눈 작업 목표에서도 엿볼 수 있었다.

> "쿠로이 저택을 현실의 공간이라고 생각하고 작업했어요. 우리가 지금 인터뷰하는 이 카페에도 쿠로이 저택처럼 귀신이 있을 수도 있잖아요."

아무리 밝은 현실의 공간이라도 귀신이 한 명만 보이면 비현실적인 공간이라 느껴질 수밖에 없다. 그런데 쿠로이 저택은 귀신이 넷이나 살고 있는 으스스한 고택이다. 그들은 각자의 원한을 가지고 산 사람에게 빙의해 사람을 조종한다. 심지어 주인공 해웅은 귀신 옥희와 반자의적으로 약속을 해버려, 밖으로 나가지 못하고 저택에 갇히는 저주를 받는다. 이런 쿠로이 저택이 현실의 공간이라 생각했다는 것은 쉽게 이해하기 어려운 전제다. 그럼에도 극장에서 보고 느낀 〈쿠로이〉를 반추해 본다면, 공연을 즐긴 관객의 기억 속에선 쿠로이 저택이 허무맹랑한 비현실적 공간이 아닌 사람과 귀신이 함께 뛰노는 생동하는 공간으로 남아 있을 것이다.

이런 내 믿음에 대한 근거는 〈쿠로이〉를 보고 올라탄 4호선 열차에서 되짚은 공연의 잔향으로 갈음하겠다. 사당행 열차에서 되짚어본 〈쿠로이〉의 음향은 대략 이렇다. '귀신 목소리 리버브(Reverb) 들어감, 사람 목소리는 리버브가 없고 생톤처럼 들림, 효과음이 더 있었다면?' 이런 것만 기억날 뿐 뭔가 〈쿠로이〉만의 깊은 음향의 세계가 선뜻 떠오르진 않았다. 분명 나는 음향 디자이너를 인터뷰해야 한다는 목표 아래 막이 오름과 동시에 음향에 귀를 기울였다. 정작 음향에 대한 나의 집중은 공연의 중반부부터 흐릿해졌다. 더 이상 자극적인 음향이 들리지 않았던 걸까? 공연의 중반부턴 그저 감상해 버렸다. 4호선 열차에서 내릴 즈음엔 인터뷰하기엔 부족한 감상과 고찰의 부재 때문에 절망했다. 하지만 그 절망은 금세 사라졌다.

이 심경의 변화를 설명하기 위해선 잠깐 내 얘기를 해야 한다. 카메라 잡는 일로 밥벌이를 해온 나는 내 작업물에 카메라의 존재가 드러나는 것이 싫었다. 그저 배우와 이야기를 위해 카메라와 조명이 봉사하고 싶었다. 이런 마음으로 작업해 온 내가 승강장을 걸으며 〈쿠로이〉의 음향을 다시 반추해 보니, '그래, 음향 디자이너님도 이런 마음으로 작업했던 거야!'라는 나만의 공감대가 생겼었다. 〈쿠로이〉를 보고 내게 남은 건 어떤 참신한 효과음이나 매끈한 음향이 아니었다. 그저 무대 위에서 뛰노는 배우들이 주는 유쾌함이 남았다.

권지휘는 무대 아래에 있는 자신이 드러나기보단 무대 위가 더 드러나길 원한다고 다른 인터뷰에서도 일관되게 말해 왔다. 배우의 마이크를 튜닝할 때도 최대한 배우의 원래 목소리처럼 들리도록, 녹음된 연주인 음원을 극장에서 틀더라도 최대한 라이브 연주처럼 들리게 하려는 그의 노력을 〈쿠로이〉를 보러 극장에 앉은 우리 자신도 모르게 누리고 있었다. 그의 작업은 사람(배우)과 사람(관객)을 한 버스에 싣는 것이다. 버스는 대형 승합차를 칭하는 단어면서 동시에 여러 가지 오디오 신호가 지나는 통로 역시 버스라 불린다. 무대와 객석이라는 서로 다른 물리적 공간에 존재하는 사람을 하나의 청각적 공간으로 묶는 그의 작업을 표현하기엔 썩 괜찮은 언어유희 거리다.

이 정도면 음향 디자이너에 대한 설명은 충분히 한 것 같다. 마이크와 스피커 설정 방법, 주로 쓰는 음향 프로그램 등 기술적 측면보단 배우와 관객 그리고 공간에 대한 얘기만 잔뜩 나열해 놓고 설명이 충분하다고 단정 짓는 것이 의아하게 느껴질 것이다. 물론 음향 디자이너는 마이크와 스피커 그리고 여러 가지 프로그램을 다루는 기술자로서의 정체성이 강한 직업이다. 하지만 그가 들려준 자신의 목표와 중심은 어떠한 기술적 성취가 아닌 사람과 사람을 이어주는 것을 향해 있었다. 사람이라는 요소를 빼고 그와 그의 음향 디자인을 설명하긴 힘들다. 무대 때문에 진이 빠진 배우가 다시 무대에 올라가 힘차게 뛰노는 그 모습과 에너지가 공연 관련 전공자가 아닌 그를 극장 식구로 만들었다. 그가 음향 디자이너가 된 계기는 '사람'이라는 한 단어로 정리할 수 있다. 〈쿠로이〉를 준비하면서 생긴 난관을 마치 귀신에 빙의한 것처럼 해결한 순간이 있냐는 질문의 대답 역시 중심엔 사람이 있었다.

> "음향 튜닝 작업을 하면서 '선배들은 어떻게 튜닝했더라?'라는 질문을 스스로에게 할 때가 있는데 그 순간이 빙의한 듯이 문제를 해결한 순간이라 할 수 있겠네요."

난관 극복에 대한 질문은 이런 예상 답변을 부른다. "딱 한 번만 더 해보자는 마음으로 임했어요."나 "초심으로 되돌아갔어요."와 같은 겸손하면서도 멋진 답변들 말이다. 하지만 그의 대답은 담백했고, 어쩌면 너무 당연한 대답이었다. 그가 난관을 만났을 때 떠올린 건 결심이나 초심 같은 추상적 개념이 아닌 '사람'이었다. 그리고 그는 자신이 조수였던 시절의 일화를 덧붙였다. 설치 작업을 하는 선배에게 십자드라이버가 딱 필요한 순간, 주머니에서 미리 넣어온 십자드라이버를 꺼낼 때 오는 묘한 짜릿함과 "이야, 너 좀 쓸만하다."라는 선배의 작은 칭찬이 그가 이 일을 지속할 힘이 되었다고 한다.

이 글을 그가 인터뷰 중 내게 건넨 위로를 나누면서 끝내고 싶다. 〈쿠로이〉의 주인공 해웅은 의도치 않게 쿠로이 저택에 갇히게 된다. 해웅은 '휘말린 인물'이다. 그도 해웅처럼 공연이 주는 에너지에 휘말려 전공하거나 준비해 온 일이 아닌 다른 일을 시작하게 되었다. 이 글을 읽는 여러분은 어떤 일에 휘말리는 것이 두려운가? 아니면 이미 휘말렸고 좌절에 빠져 있는가? 나는 휘말리는 것이 두려웠다. 내가 무엇인가에 휘말리고 있다는 자각이 들면 출처 모를 불안이 시작되었다. 나는 그에게 휘말렸을 때 두렵지 않았냐고 물었다. 역으로 그는 내게 나이를 물어보았다. 20대의 끝을 향해가는 내 나이를 알려드렸다. 그는 지금의 내 나이가 그가 음향 일을 시작한 나이보다 겨우 한 살 더 많다고 했다. 그는 그때의 자신보다 지금의 내가 훨씬 할 줄 아는 것이 많다고 말해주었다. 나는 질문을 건네고 위로를 받아버렸다. 그 위로마저도 휘말려 받아버렸다.

이야기 속 주인공을 떠올려보면 자신의 의지대로 욕망을 이루기 위해 고군분투하는 의지와 욕망의 서사 속 주인공이 먼저 떠오를 것이다. 반대로 의지와 상관없이 사건에 휘말려 두려움에서 벗어나려는 인물도 주인공이 될 수 있을까? 우리는 〈쿠로이〉의 해웅을 통해 불안함에서 벗어나려 발버둥 치는 인물도 주인공이 될 수 있음을 확인했다. 해웅이 가여운 옥희를 도와준 것도 해웅의 영웅적 면모나 선한 마음씨에서 나온 것이 아니다. 해웅은 자신이 옥희에게 속았으며 쿠로이 저택에 갇힌 현실을 부정한다. 해웅은 강력한 초능력이나 단단한 정신을 갖춘 인물이 아니다. 강자보단 약자에 가깝고, 영웅보단 소시민에 가깝다. 그렇지만 우리는 결국 형을 찾아 상해로 떠나는 해웅의 앞길을 응원하며 극장을 나섰다. 두려워하고 미숙해도 해웅처럼 주인공이 될 수 있다. 이 세상을 살아가는 모든 '휘말림 서사'의 주인공들에게 〈쿠로이〉와 권지휘 음향 디자이너에게 받은 위로를 건넨다.

"집이 똑바로 있으면 재미가 없잖아요"
_ 무대 디자이너 이은경

최다정

최다정 인터뷰어
스튜디오드래곤 IP 기획 작가로 활동했으며, 현재 작가 매니지먼트 소속으로 판타지 드라마를 집필하고 있다. 장르를 불문하고 허무맹랑하게 느껴지는 모든 환상적인 이야기를 사랑한다. 그 사랑을 바탕으로 다방면의 판타지 콘텐츠 연구에 전념하고 있다.

이은경 인터뷰이
무대디자이너. 연극과 뮤지컬을 오가며 10년 넘게 무대를 만들고 있다. 〈쿠로이 저택엔 누가 살고 있을까?〉를 비롯한 〈여신님이 보고 계셔〉, 〈라흐 헤스트〉, 〈쇼맨〉, 〈레드북〉, 〈시라노〉, 〈시데레우스〉, 〈로빈〉, 〈웨스턴 스토리〉, 〈메리셸리〉, 〈마마돈크라이〉, 〈풍월주〉, 〈브론테〉, 〈난쟁이들〉, 〈인사이드 윌리엄〉, 〈디아길레프〉, 〈비아에어메일〉, 〈오즈〉, 〈씨스터즈〉, 〈프라이드〉, 〈환상동화〉, 〈올드 위키드송〉, 〈킹스스피치〉 등의 무대디자인을 제작했다.

"집이 똑바로 있으면 재미가 없잖아요"
무대 디자이너 이은경

최다정

    세상이 곧 무대라는 말이 있다. 그러나 무대가 세상이라 말하는 사람은 드물다. 무대만큼 달콤쌉쌀한 게 또 있을까. 극장에 들어선 순간부터 무대는 마치 하나의 세계처럼 몰입하게 만들지만 극이 끝나면 허구가 되어 관객의 눈앞에서 사라진다.

    그럼에도 무대가 곧 세상이라 말하는 사람이 있다. 쿠로이 저택을 세운 이은경 무대디자이너에게 무대가 그렇다. 그는 예술고등학교에서 조소를 배우다 〈태풍〉이라는 뮤지컬 공연을 본 뒤로 무대에 관심을 가져 어언 10년 넘게 무대디자인을 하고 있다. 그에게도 무대란 달콤하되 쌉쌀한 것일까. 무대디자이너로 살아온 그가 얼마나 많은 무대를 세우고, 또 얼마나 많은 무대를 눈앞에서 허물었을지 가늠해 보던 참이다.

"무대가 왜 여기 존재하는지 생각해요. 그 세계에만 있을 법한 무대를 만드는 게 재밌어요. 10년 넘게 하는데도. 현실에는 저런 집이 없는데 왜 이렇게 만든 거지? 무슨 일이 벌어질까? 그런 기대감을 주고 싶어요. 관성대로 하면 재미가 없어지는 거죠."

관객을 멀리 환상의 세계로 데려가려는 듯, 말에서 산뜻한 긍지가 느껴진다. 그가 무대 위에 새길 존재가치는 관성이 아닌 재미다. 특별하리만치 시각적인 재미. 연극과 달리 뮤지컬은 인물이 심경을 노래로 직접 표현하기 때문에 감성을 받쳐줄 가시적인 무대가 필요하다. 특히나 소극장은 공간 설명에 한계가 있어 한눈에 보이는 무대가 효과적이다. 이를 뒷받침하듯 〈쿠로이〉는 무대에서부터 범상치 않은 저택의 모습을 시각화한다. 들쑥날쑥한 다각형으로 짜인 저택의 문과 천장, 난간, 액자…. 극장에 들어선 관객이 귀신의 집이라는 흥미로운 첫인상을 느낄 수 있도록 한눈에 모든 걸 자아낸다.

"쿠로이 저택에 귀신이 살잖아요. 그러면 집이 재밌어야겠다. 집이 똑바로 있으면 재미가 없잖아요. 귀신들 뒤에서 버티고 있는 또 하나의 캐릭터처럼. 무대 자체로 말하는 것 같은 느낌을 주면 어떨까. 저택에 사는 귀신 '옥희'의 캐릭터도 참고했죠."

으스스한 귀신처럼 익살맞은 말을 건넬 법한 저택. 그런 상상에서 삐죽빼죽 비틀린 쿠로이 저택은 탄생한다. 말하는 저택이라는 컨셉을 통해 무대가 생명력을 얻은 셈이다. 그가 돌아본 〈쿠로이〉 무대는 마치 실재하는 저택 같았다. 그도 그럴게 쿠로이 저택은 단순히 귀신이 나오는 무대가 아닌, 주인공 옥희의 사연이 담긴 집이다. 작중 옥희는 어린아이 귀신으로 무시무시한 존재감 속에 때 묻지 않은 순수함과 발랄함을 간직하고 있다. 옥희가 투영된 저택은 마냥 공포스럽기보다 통통 튀는 매력을 가진다. 만약 저택 디자인이 밋밋하고 평범했다면 그토록 개성 넘치는 귀신들과 잘 어우러지지 못했으리라.

"문에서 나는 소리가 효과음이 아니라 실제 소리거든요. 문을 삐뚤어지게 디자인하면서 열 때마다 열 때마다 끼익끼익 소리가 나는 거예요. 처음에는 바로 잡으려다가 이게 또 음산한 효과음처럼 어우러져서. 그 구조로 효과를 톡톡히 봤죠. 만들기 어려웠지만."

　무대 컨셉을 정한 뒤부터는 줄곧 창작의 고통이 이어진다. 쿠로이 저택으로 말할 것 같으면 다분히 전략적인 귀신의 집이라 할 수 있다. 미적 디자인과 함께 제작의 측면에서 위치와

각도, 면적 등 과학적 디자인도 고려해야 하기 때문이다. 예를 들어 이런 것이다. 소극장에서는 조명의 빛 반사가 심한 탓에 홀로그램을 잘 쓰지 않는데, 연구 끝에 홀로그램 위에다 지붕을 세워 조명의 영향을 받지 않고 영상을 안정적으로 비출 수 있었다. 지붕 하나에도 그런 험난한 여정이 있었다니 놀랄 지경이다. 직업병조차 모든 걸 수치로 보는 거라니! 어딘가에 가면 그는 버릇처럼 "테이블이 좀 높은데?"라거나 "동선을 왜 이렇게 짰지?"라며 공간을 뜯어본다고 한다. 과연 그가 거니는 온 세상이 무대다.

전략도 전략이지만 이러나저러나 창작의 본질은 표현이다. 무대 제작에 있어 그는 "느낌이 그래!"라는 관객의 한마디를 위해 직관적인 디자인을 자아낸다. 흔히들 직관이 사고를 거치지 않는다고 하지만 우리가 인지하지 못할 뿐 무의식에서 긴밀한 사고의 과정을 거친다. 그러니 직관을 낚아채서 관객에게 제시하는 것은 섬세한 예술의 영역이다. 저택의 커튼이 검은색인 것 또한 어두운 분위기를 연출하면서 후반부 불타는 저택의 이미지와 어우러지기 위해 표현되었다. 무대 모양, 벽지 패턴, 색깔 등 수많은 요소에 말로 설명할 수 없는 직감이 숨겨져 있다. 그 직감들의 향연을 찾아 헤매는 과정에서 재미를 느끼는 건, 무릇 창작자라면 누구나 공감할 만한 소중한 감각이 아닐까.

"작가가 언어를 고르는 과정과도 비슷하지 않을까. 딱 맞는 단어를 취사선택하고, 문장을 이어서 한 편의 글을 완성하기까지의 과정. 그런 식으로 컬러 같은 비주얼적 요소를 고르죠. 쓰는 도구가 다를 뿐, 표현하면서 재미를 느끼는 과정은 유사하지 않을까."

물론 과유불급, 무대에 존재하는 모든 요소에 직감을 넣을 수는 없다고 그는 말한다. 인물의 디테일한 감정에 집중하는 조명이나 영상 제작진과 달리, 무대디자이너는 다른 이들보다 거시적인 위치에 있다. 사소한 의미에 집착하면 자칫 큰 그림을 가릴 수 있다. 그러니 무대 컨셉을 방해하지 않는 선에서 극이 흘러가는 전체적인 방향을 담는다. 한 곳에만 얽매이지 않고 욕심껏 많은 것을 담지 않으려 노력한다. 작품 세계가 가진 힘에 전력을 다하는 것만으로 공간의 요소는 하나씩 채워질 수 있다. 공연은 계속되며, 시간이 흐를수록 의미는 자연스럽게 더해지기에. 묵묵히 무대라는 세계관을 지켜내는 것이 그의 역할이다.

무엇보다 뮤지컬은 협업이 중요하다. 그는 무대가 자신만의 창작이 아니며 함께 만드는 것이라고 말한다. 작가와 연출이 그리는 세계를 들으며 상상치 못한 그림을 떠올리고, 영상, 조명 등 여러 사람과 함께 한땀 한땀 무대를 만들어간다. 타인을 존중하는 열린 마음이 있기에 가능한 일이다. 그런 마음 아래 모두가 각자의 위치에서 선택과 집중, 그리고 협업을 통해 쿠로이 저택이라는 무대 위에서 은은하게 공존한다. 강렬한 개성은 때로 주변을 가리거나 계속 보기엔 질릴 수 있다. 개성으로 무대에 전형성이 생기면 디자이너로서의 수명도 짧아질 터. 무대 위 조화는 무대 위 생존과도 직결된다.

"무대에 내 스타일이 안 보였으면 좋겠다. 그럼에도 보이는 면들이 있겠지만, 그런 면으로 비슷한 대본이 많이 오면 편하긴 한데 경계하죠. 매 작품 새롭게 접근하려 해요. 비슷한 류라도 다른 이야기를 하고 있으니까. 똑같은 무대는 없어야 한다."

그에게 무대는 장기전이다. 앞으로 펼쳐질 수많은 무대 앞에서 그는 자신의 스타일에 안주하지 않고 새로운 무대를 꿈꾼다. 이를 위해 관객이 어떤 스타일을 좋아하는지, 트렌드 분석도 마다하지 않는다. 그는 점차 자신의 스타일보다 관객이 기대할 법한 공간적 상상력을 찾아보는 것을 우선시하게 되었다고 말한다. 관객이 없으면 무대도 존재할 수 없으니. "작품을 통해 관객이 기억할 세계는 무엇인가?"라는 물음에서 그의 디자인은 전적으로 작품과 관객에 맞추어진다. 작품에서 무엇을 보여줄지 찾고, 관객에게 어떻게 전달할지 고민한다. 그렇게 많은 무대를 만들었지만 쿠로이 저택에서는 더도 말고 덜도 말고 딱 하나, 관객이 마냥 웃을 수 있기를 바란다.

> "쿠로이 저택은 다음 단계를 준비하는 희망찬 공간. 사실 죽은 귀신들 보면 안 타깝잖아요. 그런데도 웃으며 떠나죠. 소소한 걸로 죽고, 소소한 걸로 만족하며 떠나고. 순간이 행복하면 그만인 곳이니까. 관객에게도 그런 희망찬 곳이 되지 않았을까."

소소한 웃음만으로 역할을 다하는 작품이 있다. 〈쿠로이〉는 세상에 웃음이 간절했던 코로나 시기에 막을 올렸다. 무대는 관객이 필요하고, 관객은 무대가 필요한 시기. 온 세상이 절실히 희망을 바라던 시기. 일상이 씁쓸하게 느껴질 무렵, 쿠로이 저택은 기꺼이 달콤한 세계가 되어주었을 것이다. 쿠로이 저택을 세운 그는 변함없는 마음으로 희극을 응원한다. 희망찬 무대를 구현하는 것은 즐거운 여정이다. 비록 허구이지만 누군가를 살아가게 한다면 무대는 사라지지 않고 관객의 기억에 남을 수 있다. 다음 날에도, 그다음 날에도. 무대가 왜 존재하는지 생각하는 사람이 있기에 무대는 여전히 이곳에 있다. 관성이 아닌 재미를 찾아서. 무대가 곧 세상이라는 말을 남기며.

배우

"제가 너무 교과서적인가요?"
_ 배우 유성재

고지민

고지민 인터뷰어
중앙대학교 문예창작학과 재학시절 학생회장으로서 출판 프로젝트 〈중앙문학회〉를 이끌며 〈마침표를 살아가는 법〉을 기획 출판하였고 조소학과의 협업을 통해 〈꿈은 없고요 그냥 놀고 싶습니다〉를 기획 전시하였다. 졸업 후 SBS 교양예능 프로그램 〈생활의 달인〉에서 방송 작가로 활동하였으며 현재 소설과 드라마 창작 연구에 전념하고 있다.

유성재 인터뷰이
한국예술종합학교 성악과 졸업. 현재 다수의 뮤지컬과 연극에서 활발히 활동 중이며 대학교에서 학생들을 가르치고 있다. 대표작으로는 뮤지컬 〈쿠로이 저택엔 누가 살고 있을까?〉, 〈낙원〉, 연극 〈러브레터〉, 〈찬란하고 찬란한〉 등이 있다. 열정을 잃지 않고 매 순간 후회하지 않도록 최선을 다하는 배우가 되고 싶다.

"제가 너무 교과서적인가요?"
배우 유성재

고지민

 관객이 모든 걸 잊고 웃음을 터뜨리는 순간. 무대 위 배우는 무한 동력을 얻는다. 폭발하는 희열에 체력적 한계를 잊고 캐릭터에 몸을 맡기다 보면 경로를 이탈하기도 한다. 신나는 코믹극일수록 넘치는 에너지를 주체하기가 어렵다. 하지만 〈쿠로이〉는 웃고 떠드는 사이에도 제 갈 길을 벗어나지 않는다. 잘 짜인 극본 아래 더없이 자유로운 배우들의 연기. 그 속에 솟아오르는 에너지로 단단한 캐릭터를 연기하는 배우 유성재가 있다.

 유성재는 선관 귀신, 배수환, 사이토, 그리고 무당까지 네 가지 캐릭터를 뚜렷하게 연기했다. 적재적소에 분위기를 띄우고, 때로는 흥분된 분위기를 갈무리하며 극을 끌고 가는 노련함도 갖추고 있었다. 그런 그의 능력이 놀라웠다. 여러 역할을 오가면서도 흔들림 없이, 오히려 경로를 이탈하려는 분위기를 자연스럽게 제 길로 이끌어가는 힘은 어디서 오는 걸까.

"나름 코믹극을 많이 해봤다고 생각했는데, 〈쿠로이〉를 하며 많이 배웠어요. 원래 개인기로만 끌고 나가던 사람이어서 대본 안에서 웃긴다는 개념이 없었던 것 같아요. (…) 저는 코믹극을 즐기면서 하는 스타일인데 〈쿠로이〉는 약간 결이 다르다고 해야 하나? 왜 다를까, 그 당시에는 몰랐는데, 점점 하면 할수록 코믹극은 대본을 바탕으로 정말 철저하게 연기해야만 할 수 있는 거라는 걸 깨달았어요."

그는 자신의 공보다는 대본에 찬사를 보냈다. 하지만 하나의 극이 대본만으로 이루어지는 것은 아니었다. 그에게 전해 들은 초연의 우여곡절은 생생했다. 처음이기에 부족한 부분들은 모두가 합심해 채워냈다. 빈 공연장을 하나의 작품으로 완성해내는 과정은 결코 쉽지 않았다. 그럼에도 〈쿠로이〉를 준비하며 많은 것을 깨달았다고 말하는 그의 얼굴엔 확신이 가득했다.

"힘들었지만 도전을 할 수 있게 해주고 오히려 시간이 지나고 나니 여유를 가르쳐준 곳. 제가 다른 데 가서도 작품을 대하는 태도를 가르쳐 준 것 같아요. 그만큼 힘들었고 치열했던 곳이었습니다."

〈쿠로이〉에서 지내는 시간은 유성재에게 큰 변화를 주었다. 초연부터 함께 해온 그는 극이 반복될수록 대본에 충실해졌다. 과거의 그는 질문하는 자신이 부끄러워 입을 다물고 있었지만, 이제는 대본 속 작은 의문마저 사라질 때까지 묻는다. 완벽한 선관, 완벽한 배수환, 완벽한 사이토, 완벽한 무당. 그리고 완벽한 무대 위 유성재가 되기 위해 공부를 멈추지 않았다.

대본만으로도 잘 짜인 코믹극은 배우의 개인기를 나열하지 않아도 관객들에게 웃음을 준다. 극의 초반에 등장하는 무당은 자칫 심심하여 배우의 역량이 중요할 수도 있었다. 하지만 설정된 무당의 캐릭터성을 파고들면 생각보다 풍부하고 기억에 남는 배역이 된다. 이런 원형의 힘을 깨달은 그는 〈쿠로이〉가 아닌 다른 곳에서도 더욱 대본에 집중하고자 노력했다. 그는 이에 대한 이야기를 하며 다소 교과서적인 대답인 것 같다며 머쓱하게 웃어 보였다. 하지만 기본에 충실한 것만큼 올곧게 쌓여가는 사람도, 극도 없다.

인터뷰를 통해 느낀 인간 유성재는 매사에 기본에 충실한 사람이었다. 특히 그의 가족과 제자들에 대한 대화에서 그의 올곧음을 느낄 수 있었다.

배우 유성재에겐 가르쳐온 제자들이 큰 비중을 차지했다.

시간이 흐르고 그가 가르쳤던 학생들이 졸업하면서 그는 제자와 함께 무대에 오르기 시작했다. 엄격한 교수 유성재가 아닌 제자들과 함께 극을 올리는 동료 유성재가 되는 것이다. 그는 같이 무대에 오르게 된 제자들의 이름을 언급했다. 이제는 선생님이라는 호칭 대신 편하게 부르도록 한다며 당연하듯 말하는 모습이 인상 깊었다. 가르치던 때와는 달리 이제는 동료이기에 조심스럽고, 존중해주려 노력한다는 말에는 다정함과 신중함이 묻어났다.

일상과 일의 경계를 노련하게 넘나드는 유성재는 언뜻 완벽한 사람처럼 보였다. 흠잡을 곳 없이 성실한 배우이자 인간. 하지만 그는 이야기 도중 걱정스럽다는 듯 말했다.

> "처음부터 그러진 않았어요. 되게 좋은 사람으로 보일까 봐 걱정이 되는데, 저도 이걸 깨닫는 계기가 있었어요. 그게 한 2019년, 제가 전임 교수를 그만둘 때쯤이었던 것 같아요."

여러 역할을 아우르며 다양한 유성재가 되었지만, 모든 것에 온 힘을 쏟을 순 없었다. 일의 경중을 따져야 했고, 중요한 것을 먼저 챙겨야 했다. 연기에 집중하고자 처음 내려놓은 것은 전임 교수 자리였다. 큰 자리를 하나 비우자, 그는 가족의 소중함을 더욱 깨달았다. 공연이 끝날 때마다 마시던 술을 끊었고 가족에게 소홀했던 시간을 채워가기 시작했다. 그런 매일이 소소하지만 맞는 방향이라는 생각이 들었다.

대체로 우리는 하던 일을 그만두는 순간에 많은 생각과 다짐을 한다. 하지만 그 다짐을 잊지 않고 실천해 나가기란 어려운 일이다. 나는 그의 말을 듣고 방송 작가 일을 그만두던 날이 떠올랐다. 큰마음을 먹고 퇴사하며 많은 것들을 계획하고 다짐했다. 나는 그날의 생각을 어디에 넣어둔 걸까. 작은 다짐은 너무도 작아서 그만큼 매일 들여다보기가 힘들다. 언뜻 당연하지만 지키기 어려운 깨달음들을 하루하루 지켜온 유성재는 그 누구보다 단단해 보였다.

이제는 시간을 내어 가족과 함께 여행을 다닌다는 그의 표정엔 생기가 가득했다. 작품 스케줄을 짤 때도 가족과 보낼 시간을 고려한다고 말한 그는 이번 달에도 여행을 준비하고 있었다. 아내를 향한 고마움과 아들 자랑도 빼놓지 않았다. 그런 그의 말속에서 배수환이 보였다. 배수환은 자신의 친딸이 아닌 옥희를 가족으로 받아들인다. 우는 옥희에게 풍금 소리를 들려주고, 취향을 물으며 마음을 풀어간다. 그런 배수환을 연기하기 위해 유성재는 입양에 대해 상상해 보기도 했다. 그는 모르는 아이를 가족으로 데리고 온다는 게 결코 쉽지 않겠다는 생각이 들었고, 배수환을 희생정신이 투철한 인물로 분석했다.

"그럼에도 옥희를 대하는 마음과 성격은 제 원래 성격과 닮은 것 같기도 해요."

그가 가족을 말하는 모든 순간엔 사랑이 담겨있었다. 유성재와 배수환이 닮았다는 말에는 누구도 반박할 수 없을 정도로 그의 배역 곳곳에는 일상이 스며있었다.

그런 다정한 모습 탓인지 유성재에겐 유독 악역이 어렵다. 쿠로이 저택 속 사이토 백작도 마찬가지였다. 코믹극에 끼워진 많지 않은 분량의 악역. 캐릭터를 어떻게 잡을 것이냐가 관건이었다. 유성재는 대사가 많지 않은 캐릭터에 혀 짧은 소리를 더하여 독특한 캐릭터를 만들어 냈다. 자칫 불편한 요소가 될 수 있어 우려스럽기도 했지만 그럼에도 그럴 것 같지 않은 사람이 진지하게 허점을 보일 때, 악역 사이토는 코믹극에서만 볼 수 있는 매력적인 캐릭터가 되었다.

기억에 남을 사이토를 연기하고도 그는 여전히 유성재만이 표현할 수 있는 악역이 어떤 모습일지 찾는 중이라고 덧붙였다. 언젠간 코믹이 아닌 진짜 악역을 도전해보고 싶다는 말에 나도 자연스레 진짜 나쁜 악역의 유성재를 상상해 보았다.

창작자로 살며 늘 품고 사는 의문이 있다. 다른 예술가들은 언제가 되어서야 떳떳하게 본인의 작품을 내놓을까? 문득 인간 유성재가 가진 본질적 다정과, 깨달은 여유, 그리고 배워낸 치밀함이 어떤 연기를 향해 나아가고 있을지 궁금했다.

관객의 반응과 스스로의 만족감에 대한 질문에 그는 잠시 뜸을 들였다. 신중하게 나온 그의 답에는 고민의 흔적이 여실히 드러났다.

"제가 할 만큼 할 수 있는 연기를 하고 싶어요. 관객들이 어떻게 생각하든 내가 생각하고 만들어 놓은 캐릭터가 합리적이고 정당성 있게 연기하고 싶어요. 그러면 사람들이 날 어떻게 바라봐도 신경이 별로 안 쓰이더라고요. 물론 그만큼 최선을 다해서 준비해야겠죠. 그래서 제가 대본을 파기 시작한 것 같아요. 왜냐면 대사를 허투루 넘길 수도 있잖아요. 그런 대사들은 100% 공연을 하고 나면 반응이 신경 쓰여요. 내가 정리가 안 돼 있으니까. 그래서 스스로 정리하고, 확신이 생길 정도로 분석하고. 그러면 이들이 설사 내가 표현하는 방식이 이상하다고 얘기해도 난 떳떳하니까 하고 생각하는 것 같아요."

그의 답은 나에게도 하나의 탈출구가 되었다. 스스로에게 떳떳해지기 위해 노력하는 것. 그 순간 우리는 결과에 있어서 비교적 자유로워진다. 준비된 자의 당당함과 자신감을 누가 의심할 수 있을까. 떳떳하기 위해 치밀해진 유성재는 아이러니하게도 스스로를, 그리고 〈쿠로이〉를 더욱 따뜻하고 자유롭게 했다.

인터뷰를 마친 지금, 관객 모두가 웃음을 짓는 코믹극을 연기하듯 꾸준한 하루하루를 살아가고 있는 마음이 부럽기도 하다. 기본에 충실할수록 단단해진 것들이 우리를 영원히 웃음 짓게 하리란 확신이 든다. 조금 흔들려도 중심을 잡고 나아가는 〈쿠로이〉처럼, 여러 고민과 역경 아래 단단한 유성재가 있다. 언젠간 코믹이 아닌 진지한 중년의 로맨스를 해보고 싶다며 웃는 얼굴엔 앞으로 다가올 새로운 이야기에 대한 갈망과 기대가 담겨 있었다. 준비된 유성재에게 더 많은 이야기가 스미길 마음 담아 바라본다. 자유롭게 웃고 호응하는 사이에도 떳떳한 이야기는 자신의 길을 올곧게 나아가고 있으니 말이다.

"아직도 그냥 과정이라는
생각밖에 안 들어요."
_ 배우 최민우

김채린

김채린 인터뷰어
중앙대학교 문예창작학과 졸업 후 아이들에게 책읽기와 글쓰기를 가르치고 있다. 열일곱에 문학을 시작하고 이야기를 썼다. 같은 해 가을, 이야기를 무대로 펼쳐내는 연극과 뮤지컬에 빠졌다. 열렬한 애정을 기반으로 현재는 뮤지컬 대본 집필에 몰두하고 있다.

최민우 인터뷰이
2017년 뮤지컬 〈레미제라블 - 두 남자 이야기〉로 데뷔했다. 유쾌한 매력과 선한 에너지를 바탕으로 꾸준히 작품 활동을 이어왔다. 〈쿠로이 저택엔 누가 살고 있을까?〉를 비롯해서 〈구텐버그〉, 〈여신님이 보고 계셔〉, 〈넬리블라이〉, 〈조로: 액터뮤지션〉 등 장르와 역할을 가리지 않고 여러 뮤지컬 무대에 오르고 있다. 세상에 대한, 그리고 스스로에 대한 믿음을 가지고 언제나 도전하고 있는 배우이다.

"아직도 그냥 과정이라는 생각밖에 안 들어요."
배우 최민우

김채린

뮤지컬에서 '창작 초연'은 새로운 창작물로서 관객들에게 처음 공개되는 공연을 말한다. 같은 공연이 여러 시즌 올라오고, 같은 배역에 여러 명의 배우가 캐스팅되는 뮤지컬이라는 장르에서 창작 초연은 누구에게나 도전이다. 배우 최민우는 자신의 색을 가장 잘 보여줄 수 있는 작품이 초연 작품인 것 같다고 말했다. 그에게 〈쿠로이〉라는 작품은 꿈같은 순간 중 하나였다.

"선생님이 매주 수업 시간마다 모르는 사람을 한 명씩 데리고 왔어요. 처음 데리고 왔을 때 제가 노래를 망쳤거든요. 근데 선생님께서 이걸 이겨내야 한다…."

최민우의 처음은 가수가 되고 싶다는 막연한 꿈이었다. 중학교 3학년, 노래 레슨을 받기 시작하면서 본격적인 이야기가 시작됐다. 처음은 누구에게나 두려운 일이다. 낯선 사람 앞에선 두려움에 수업을 망치고 울던 어린 시간이 있었다. 그는 매주 두려움을 마주하며 사람들 앞에서 노래하는 것에 적응해갔다. 그리고 노래를 부를 때 감정을 더 잘 담아내기 위해 연기를 시작했다. 연기를 배우는 것이 부끄럽고 힘든 일이었다고 회상하면서도 그는 그저 해냈다. 서투를지언정 멈추지 않았던 걸음은 그를 연기과로 이끌었다.

영화를 전공한 대학 졸업을 앞둔 시기, 최민우는 두 달여의 시간 동안 80개가 넘는 오디션에 지원했다. 그중 뮤지컬 오디션은 단 하나였다. 뮤지컬 〈레미제라블 - 두 남자 이야기〉. 그 작품은 최민우의 프로필에 영원히 남을 데뷔작이 됐다. 첫 뮤지컬은 다음 뮤지컬로 그를 데려다주었다. 그는 주어진 기회를 마다하지 않았다. 그렇게 뮤지컬 배우로 살아오던 최민우는 쿠로이 저택에 도착하게 된다. 즐겁고 희망찬 작품을 하고 싶었던 그는 〈쿠로이〉에 '해웅' 역할로 참여하게 되었다.

대본에 담긴 이야기를 실제 무대로 구현하기 위해서는 정말 수많은 대화가 필요했다. 대본과 음악이 매끄럽게 이어지게 하고, 씬 하나하나에 매력적인 구간을 만들어내며, 명확한 목표를 가지고 극을 끝까지 끌어갈 수 있는 캐릭터를 창작하는 일은 절대 쉽지 않았다. 처음부터 완벽한 대본은 없다. 그는 〈쿠로이〉를 완성하기 위한 끊임없는 수정 과정을 떠올렸다.

"단 한 번도 안 힘든 적이 없어요. 진짜로."

캐릭터를 연기하는 배우가 자신이 처음이기 때문에 모든 것을 시작부터 만들어야 한다는 부담감을 가져야 했다. 그러나 같은 이유로 배우라면 도전하고 싶은 열망을 가질 수밖에 없는 작업이다. 자신이 만들어낸 캐릭터가 무대에 올라 사랑받는 것은 배우로서 쾌감을 불러오는 일이다. 최민우에게는 〈쿠로이〉가 그랬고 해웅이 그랬다.

그는 해웅이 관객과 함께 상황을 마주하는 인물이라고 설명했다. 해웅에게 공감할 수 있어야 이야기를 납득할 수 있다. 캐릭터를 구축하는 과정에서 가장 신경 쓴 것도 이 지점이었다. 일제강점기라는 시대 상황 속에서 일본인 순사를 만나고 총이 겨눠졌을 때의 두려움, 낯선 저택에 갇혀 귀신을 마주했을 때의 놀람과 당황스러움. 비일상적인 감정을 함께 느낄 수 있게 모든 장면에서 해웅의 반응을 더 극적으로 표현하려 노력했다.

〈쿠로이〉는 코미디를 기반으로 하는 뮤지컬이지만 작품이

전하는 의미와 메시지는 가볍지 않다. 해웅 역시 마찬가지다. 캐릭터의 깊이를 만들기 위해 최민우는 해웅의 형 '해영'과의 과거에 대해 고민했다. 시계를 고치는 방법을 배웠던 추억, 넘버 〈막연한 믿음〉 속 해영의 이야기를 전해 들었던 상황을 구체적으로 만들고 늘 회상하며 연기했다.

"제 꿈이, 나도 처음으로 초연에 참여해서 그 작품이 정말 잘 됐으면 좋겠다는 꿈이 있었는데 그 꿈을 이뤄 준 작품이에요. (쿠로이는) 약간 좋은 꿈같은 작품인 것 같아요."

성공적인 초연, 특별한 작품이라고 이야기하면서도 그는 〈쿠로이〉를 과정으로 설명했다. 돌이켜 보았을 때 좋은 추억이지만 그곳에 머물러 하나의 꿈만 꿀 수는 없다. 〈쿠로이〉를 공연하던 어느 순간, 그곳이 익숙하게 느껴지는 그 순간이 마지막이었다. 무대 위에서는 늘 긴장을 놓고 싶지 않은 최민우에게 〈쿠로이〉는 지나간 좋은 꿈으로 남았다. 그는 쿠로이 저택을 두고 새로운 길을 나아가는 해웅을 자신에게서도 떠나보내 주었다.

그와 이야기를 나누며 내가 글을 쓰기 시작한 때를 떠올렸다. 글을 쓰는 것은 지나가는 순간들을 활자로 잡아두는 일이다. 문장으로 남은 이야기는 언제든 되돌아가서 다시 읽을 수 있다. 나는 내가 바라보는 순간을 어떻게든 세상에 남기고 싶었다. 그냥 지나가면 사라져 버릴 것 같아서 아쉬웠다. 최민우는 그 반대, 문장 속의 이야기를 순간으로 바꾸어 보여주는 사람이다. 지나간 순간은 관객들의 기억 속에서 닳고, 바래고, 새로 칠해진다. 그렇게 자신만의 순간으로 남는다.

글을 쓰는 내가 뮤지컬을 사랑하는 이유를 알 것 같았다. 내가 하지 못한 일에 대한 동경이다. 순간을 위해 보낸 치열한 과정에 대한 이야기를 들으며 이제는 그의 해웅을 다시 보지 못한다는 사실을 받아들일 수밖에 없었다. 뮤지컬은 공연이 진행되는 같은 시간, 같은 공간에 배우와 관객이 함께 머물러야만 마주할 수 있는 순간의 예술이다. 아무리 아쉬워도 되돌릴 수 없다. 순간으로 남아 결국 지나가는 것까지가 뮤지컬이라는 공연 예술의 매력이므로.

"무대가 마냥 신나는 곳은 아닌 것 같아요. 어쨌든 저의 책임감이 발현되어야 하는 곳이니까. 예민하고, 긴장하고 있고."

공연장에서 때로는 예상치 못한 사건·사고가 벌어진다. 애드리브에 관한 질문에 최민우는 〈쿠로이〉의 결말, 해웅이 벽에 옥희와 자신의 이름을 남기는 장면을 떠올렸다. 분필을 잃어버린 그는 가방 속 끌과 망치를 꺼내 벽에 이름을 새겼다.

캐릭터를 살리면서 장면을 자연스럽게 이어가 관객들이 색다른 장면을 즐길 수 있게 해준 재치 있는 대처였다. 그러나 이와 별개로 그는 애드리브를 그리 선호하지 않는다고 말했다. 그는 매 공연 전마다 혼자 대본을 읽고, 런을 돌아보고 무대에 오른다. 무대에서는 마지막 연습과 똑같이 움직이려 한다. '다시 한번'이 없는 뮤지컬에서 이야기를 관객들에게 온전히 전달하려면 철저한 연습과 계산이 필요하다. 여러 뮤지컬을 거치며 자신의 연기와 공연의 완성도를 함께 높이기 위해 고민한 그의 결론이었다.

최민우를 지켜보며 그가 어느 순간이든 도망치지 않고 자신이 할 수 있는 최선을 찾아내는 사람이라는 생각이 들었다. 어쩌면 그는 해웅보다 그의 형 해영과 더 닮아있는지도 모른다. 막연한 믿음을 가지고 될 일을 향해 나아가는 방법을 동생에게 가르쳐 준 해영이라는 인물과.

"아직도 그냥 과정이라는 생각밖에 안 들어요. 앞으로 해나갈 과정에 더 큰 힘이 되기 위해서 더 노력해야 하는 그런 기간."

내가 글을 쓰며 보낸 8년이라는 시간 동안 그는 뮤지컬 배우로 살아왔다. 그는 자신의 모든 시간, 이후의 목표까지를 성공이나 실패가 아닌 과정으로 말했다. 같은 시기 나의 시간을 떠올리지 않을 수 없었다. 글을 쓰는 것은 홀로 고민하는 시간이 긴 작업이다. 그 시간은 오로지 혼자만의 책임이다. 그래서 때로는, 고민이라는 말 뒤에 숨어 멈춰 서기도 했다. 책임이 무서웠다. 그런 나에게 그는 기꺼이 도전하는 모습을 보여주었다. 두렵지 않아서가 아니다. 그 모든 것을 감수하고 그럼에도 한번 해 보는 거라고 이야기했다.

생각지도 못했던 뮤지컬 오디션에 합격했을 때도, 공연 중간에 합류해 급하게 무대에 투입되어야 했을 때도, 처음으로 대극장 무대의 주연을 맡게 되었을 때도. 그는 될지 안 될지를 고민하는 대신 자신이 할 수 있는 것을 찾았다. 연습실에 매번 남아 나머지 공부를 하면서라도 묵묵히 걸었다. 지금이 언제나 과정이라고 믿고 다음을 향해 나아갔다.

최민우라는 이름을 본격적으로 알린 작품으로 고르는 뮤지컬 〈최후진술〉을 할 때도 그랬다. 아직 신인이었던 그는 이미 공연을 좋아하는 관객들에게 어떻게 다가가야 할지 불안을 가지기도 했다. 정해진 안무 사이사이에 자신만의 동작을 넣으며 가장 잘 할 수 있는 방법을 찾아 배역을 표현했다. 〈최후진술〉에 등장한 돌연변이 같은 춤 잘 추는 배우를 보며 관객들은 최민우의 이름을 기억하기 시작했다. 뮤지컬을 좋아하는 내가 배우를 기억하는 순간은 저 배우가 연기하는 다른 캐릭터가 궁금해질 때다. 그는 관객들이 최민우의 다음을 기대하게 했다.

최민우에게 망설임의 시기가 없었던 것은 아니다. 뮤지컬을 계속해야 할지 말지 고민하던 때, 그때도 그는 결국 한 걸음 내딛는 것을 선택했다. 무대에 서서 노래를 부르고 연기를 하며 관객을 마주하는 일. 자신이 가장 즐길 수 있고 잘할 수 있는 일이 기다리고 있다는 믿음이 든 순간부터 그는 다시 걷기 시작했다. 걸음의 원동력에는 무대와 노래, 그것을 지켜봐주는 관객들에 대한 사랑이 있었다. 형을 사랑했고 옥희와 귀신들을 사랑하게 된 해웅이 결국 결말을 향해 나아간 것처럼. 그가 〈쿠로이〉에서 가장 좋아하는 넘버 〈막연한 믿음〉의 가사처럼 최민우는 막연한 꿈을 될 일이라고 믿고 걸어가는 사람이었다.

"관객들에게 책임감 있는 배우라는 느낌을 줄 정도의 능력을 가지면 좋겠어요. 그러니까 그 하나, 실수 하나로 사람이 판단이 안 되게끔. 저라는 배우가 잘 싸워야 하겠죠."

믿고 보는 배우. 아주 흔하지만, 진심이 담긴 말이었다. 혹여 자신의 실수를 관객들이 보게 되더라도 배우의 불찰이라고 느끼지 않도록. 긴장 속에서 치열하게 싸우고 싶다고 그는 말했다. 뮤지컬을 사랑하는 관객으로서. 나 역시도 나의 이야기를 세상에 보여주고 싶은 창작자로서. 그가 걷는 길을 기대하게 됐다. 해영이 해웅에게. 다시 해웅이 옥희에게. 그리고 최민우가 관객들에게 전한 막연한 믿음은 제목과 다르게 막연하지 않다. 최민우가 배우로 살아온 8년의 시간 동안 행동으로 보여주었고 앞으로도 보여줄 현실의 이야기다. 미래를 고민하는 대신 지금에 충실하며 그저 한 걸음. 과정을 믿고 가면 된다는 그의 이야기를 전하며. 나도 한 문장, 그저 한 문장으로 세상에 내 이야기를 적어나가려 한다.

"연기라는 게 누군가의 삶을 사는 거잖아요.
삶이란 뭐라고 생각하세요?"
_ 배우 정욱진

김희원

김희원 인터뷰어
로맨스는 영원하다는 믿음으로 사람과 사랑에 관한 콘텐츠를 창작한다. 2023 오콘×넥스트 페이지 시리즈 공모전에서 드라마 〈비혼 선언〉으로 우수상을 받았다. 카카오페이지에서 로맨스 웹소설 〈망배우는 관심이 고프다〉를 연재했다.

정욱진 인터뷰이
극단 학전의 뮤지컬로 데뷔. 대표작으로는 뮤지컬 〈어쩌면 해피엔딩〉, 〈쿠로이 저택엔 누가 살고 있을까?〉, 드라마 〈오월의 청춘〉 등이 있다. 연기와 노래를 사랑해 주시는 모든 분을 위해 언제나 최선을 다하는 배우가 되고 싶다.

**"연기라는 게 누군가의 삶을 사는 거잖아요.
삶이란 뭐라고 생각하세요?"**
배우 정욱진

김희원

 언젠가 그런 생각을 한 적이 있다. 예술가로 산다는 건 전생에 죄를 지었다는 증거일 거라고. 그러지 않고서야 매일 머리를 쥐어뜯고, 누구도 해결해 주지 않는 불안과 싸우면서 예술 같은 걸 할 리가 없다고. 그렇게 절망에 갇혀 살다가도 단 한 번의 인정과 박수와 웃음으로 과거의 고통을 미화하게 되는, 그것까지가 이 형벌의 완성일 거라고. 내가 만났던 다수의 예술가는 모두 이 이야기에 동의했다. 한 사람을 제외하고는 정말 그랬다.

 한순간도 연기를 선택한 걸 후회한 적 없다고 말하는 사람. 풍금을 치며 따스한 노랫소리를 들려주고, 증서를 찾아내듯 우리 안에 숨겨져 있던 희망을 꺼내어 주는 사람. 〈쿠로이〉의 부름에 기꺼이 달려오는 사람. 무대 위에서의 즐거움을 워라

벨이라고 칭하는 사람. 배우 정욱진은 그런 사람이었다.

 망설임 없이 배우의 삶이 진정으로 행복하다고 대답한 정욱진 앞에서 나는 리액션을 잃었다. 혹시 잘못 들은 게 아닌가 하는 착각마저 들었다. 이런 예술가는 정말이지 처음이었다. 그리고 같은 예술가로서 곧바로 부끄러움이 따라왔다. 나는 드라마를 열렬히 사랑했던 첫사랑의 순간을 잊은 채 종종 드라마를 미워하거나 원망했기 때문이다. 어쩐지 내 마음이 가짜인 것만 같았다. 하지만 동시에 정욱진이 더욱 궁금해졌다. 지금껏 만나왔던 예술가들과는 조금 다른 마음을 가진 그의 내면을 들여다보고 싶었다.

 정욱진은 십여 년 동안 뮤지컬과 드라마를 오가며 무수히 많은 배역을 연기했다. 어떤 인물도 하나의 단면만 가지고 있지는 않다. 배우는 배역을 연구하며 작품에서 드러나지 않는 인물의 가장 내밀한 마음마저 읽어내려 노력한다. 인간의 마음을 10가지로 분류할 수 있다고 하더라도 50명이면 500개의 마음이 된다. 500개의 마음을 지나쳐 온 그에게 연기란 무엇일까. '기계의 원리'처럼 연기에도 원리가 있느냐는 물음에 그는 도리어 나에게 질문을 넘겼다. 진심으로 궁금해하는 표정이었다.

"연기라는 게 누군가의 삶을 사는 거잖아요. 근데 삶이 너무 어렵잖아요. 그러니까 정답이 없는 것처럼…… 삶이란 뭐라고 생각하세요?"

나는 잠시 고민하다가 '남의 일이라고 생각했던 일들이 서서히 나의 일이 되어가는 과정'이라고 답했다. 아주 오래전에 존경하던 선생님께 들은 이야기인데 아직 이것보다 명확한 정의를 찾지 못했다고 하자 그가 웃었다. 그게 정답인 것 같다고 했다. 만약 살면서 그 정의가 바뀐다면 또다시 그게 정답일 거라고도 했다. 수십 명의 삶, 수백 개의 마음을 지나쳐 온 그에게도 연기와 삶은 정답이 없는 문제라는 사실이 그저 놀라웠다. 그 정답 없음의 불안 속에서 변화마저도 정답이 될 수 있다는 정욱진의 말이 다정하게 와닿았다.

정욱진은 삶의 유한함과 가변성을 누구보다 잘 알고 있는 사람이었다. 소중함은 언제나 유한함에서 피어난다. 언제나 곁에 있는 것이라면 간절함은 사라진다. 언제나 변하지 않는 것이라면 애써서 살필 이유가 없다. 우리는 언제나 생과 사의 경계에서 아슬아슬한 줄타기를 하고 있을 뿐이다. 연기와 삶이 같다고 했던 정욱진의 말처럼 흔들리면서도 가는 것이 삶이라면 연기 또한 그런 것일 테다. 연기할 수 있는 무대와 시간은 한정적이고, 무한대로 찾아오는 기회라는 건 판타지에 가깝다. 일생에 몇 번 찾아오지 않는 기적 같은 순간에 예고편은 없다. 곧바로 무대에 오르기 위해서는 무수한 '나'를 짊어지고 당장에 마주한 현실을 열심히 살아내는 것이 최선이다.

〈쿠로이〉에서 정답을 찾기 위해 애쓴 해웅의 삶도 마찬가지다. 제멋대로 떠났다가 소식도 없이 죽어버린 형을 원망했던 해웅은 극의 막바지에 다다라서 결국에는 형의 길을 따라간다. 옥희와 귀신들의 성불을 돕는 일을 울며 겨자 먹는 심정으로 해내다가도 형의 시계가 자신을 저택으로 인도한 이유가 있다는 걸 깨닫는다. 독립운동가의 책임감은 아무것도 모르는 해웅을 만나 가족을 잃은 개인의 비극으로 치환되었다가 끝끝내 뜨거운 용기로 되살아난다. 그 모든 것이 해웅이 자기 앞에 닥친 현실을 외면했다면 불가능했을 일이다. 누구에게나 기적 같은 순간은 있다. 박해웅에게는 쿠로이 저택이, 정욱진에게는 연기가 그랬다.

"사람들에게 웃음을 주고 또 즐거움을 주는 직업이잖아요. 근데 가시는 순간에도 뭔가 아빠가 보고 있을 것 같다는 생각이 들고 되게 자랑스러워했을 것 같다는 생각이 들어서……. 저는 이 직업이 너무 좋아요."

배우라고 해서 늘 같은 온도를 유지할 수는 없다. 명랑한 해웅을 연기하는 정욱진의 하루가 햇살 같기만 한 건 아니다. 하지만 그는 개인의 기분과 배역의 감정선을 섞지 않기 위해 애쓴다. 관객이 만나는 건 정욱진이 아닌 박해웅이니까. 그럴 때는 더 크게 웃고, 춤추고, 노래하는 일이 도움이 된다. 그렇게 움직이다 보면 어느새 감정이 따라오고 명랑한 해웅이 살아 숨 쉬는 걸 느낄 수 있다.

지난 1월 정욱진은 무대 도중 아버지를 보냈다. 전날에 하고 싶은 말은 전부 나누었다고 해서 슬픔까지도 털어낼 수 있는 건 아니다. 정욱진은 그날도 관객들에게 커다란 웃음을 선사한 후 대기실에서 몰래 울었다. 하지만 그 순간마저 연기를 선택한 걸 후회하지는 않았다고 했다. 사랑하는 사람의 마지막을 보지 못한 건 너무도 마음 아픈 일이지만, 사랑하는 사람에게 얼마든지 자랑스러울 수 있는 직업이므로. 떠나는 순간에 지켜드리지 못한 것이 아니라, 떠나는 순간마저 자랑스러운 아들이었기 때문에. 슬픔만으로 가득 찬 눈물은 아니었다. 늦겨울의 정욱진은 슬픔을 이겨낸 사람이 아니라 슬픔을 안고도 빛나는 사람이었다.

"거의 일 년에 한 번씩 공연을 해서 정말 편하고 즐겁고 행복한 그런 곳이에요. 여전히 초연 때 박수받았던 그 희열을 잊지 못해요. 물음표를 갖고 있었는데 그 물음표가 느낌표가 된 순간! 그 환희를 잊지 못해서 계속 또 하게 되는 것 같아요."

서로에 대한 믿음과는 별개로 초연에는 항상 걱정이 따른다. 그렇게 걱정을 한 아름 안고 올라간 초연 무대에서 저항 없이 터지던 관객들의 웃음과 커튼콜 때 쏟아지던 박수는 무엇보다 달콤했다. 물음표는 미완성을 의미하는 게 아니라 최선을 다한 자의 마지막 노력으로 보는 것이 마땅하다. 정욱진은 느낌표의 순간을 잊지 못해서 〈쿠로이〉를 다시 찾는다고 했다. 그가 관객들을 잊지 못한 덕분에 관객들은 그가 연기하는 해웅을 오래 볼 수 있었다. 정욱진이 마음을 소중히 여기는 사람이기에 가능한 일이었다.

예술가가 자신의 직업을 사랑하는 일은 얼마나 큰 믿음이 있어야 가능한 것일까. 정욱진의 믿음은 연기할 수 있는 삶을 행복이라 여기는 긍정적인 마음에서 비롯된 것인지 모른다. 정욱진과의 인터뷰에서 나는 다시금 예술을 하는 행복에 관해 생각했다. 더 이상 형벌 속에서 살지 않고 행복 속에서 살아야겠다고 다짐했다. 연기와 관련된 이야기가 나올 때마다 "그냥 좋아요" 하며 웃던 그의 얼굴이 글을 쓰는 지금까지도 선명하다. 그의 진심이 나에게 전이된 순간을 아마 평생 잊지 못할 것이다.

배우 정욱진과 가장 보통의 정욱진은 그리 다르지 않은 사람이었다. 무대 위에서도 사석에서도 유쾌한 모습으로 상대를 편안하게 해주고, 자신이 믿는 방향으로 우직하게 나아간다는 모습이 특히 그러했다. 정욱진은 해웅이 자신과 유독 닮아있는 캐릭터라고 말했다. 형을 미워하다가도 그리워하는 착한 해웅. 저택에서 탈출하지 못할까 봐 억지로 손가락을 거는 이기적인 해웅. 겁에 잔뜩 질렸으면서도 사라진 옥희를 돕고 싶었던 정 많은 해웅. 그 모든 해웅이 실은 정욱진의 다른 모습이었다.

연기를 사랑한다는 건, 삶을 사랑한다는 것. 삶을 사랑한다는 건, 나 자신을 사랑한다는 것. 부디 그가 오래도록 자기 자신을 사랑하기를, 우리 앞에서 오래도록 큰 즐거움을 줄 수 있기를 바라고 또 바란다. 가장 보통의 해웅이 도망가고 싶은 순간에도 옥희를 위해 쿠로이 저택으로 돌아온 것처럼 정욱진 또한 어떠한 흔들림에도 오랫동안 무대 위에 서 있을 것이다.

"진심이 보여야 해요."
_ 배우 송나영

서민아

서민아 인터뷰어
익숙한 세계를 낯설게 바라보는 이야기에 매료되어 SF를 중심으로 매체의 경계를 넘나드는 창작을 이어왔다. 글로벌 콘텐츠랩 〈한 사람〉 시리즈 〈난 매일 밤 넷플릭스를 본다〉, 〈청소년 관람불가.zip〉에 공저로 참여하였다. 현재는 기술과 인간이 만들어갈 미래를 탐구하며 인간 본성과 사회의 미묘한 이면을 포착하는 서사 창작에 주력하고 있다.

송나영 인터뷰이
일본 극단 〈사계〉에서 연기를 시작해 뮤지컬 〈쿠로이 저택엔 누가 살고 있을까?〉, 〈이솝이야기〉, 〈이블데드〉, 〈앤(ANNE)〉 등에서 개성 있는 연기로 강렬한 인상을 남겼다. 뮤지컬과 드라마를 포함한 다양한 장르를 넘나들며 넷플릭스 〈더 글로리〉 등에 출연, 연기의 스펙트럼을 꾸준히 넓혀왔다. 현재도 여러 작품을 통해 자신의 한계를 시험하고 있으며 무대 위에서 부끄럽지 않은 배우가 되기 위해 끊임없이 자신을 갈고닦고 있다.

"진심이 보여야 해요."
배우 송나영

서민아

 조명이 어두워지고 객석의 웅성거림이 차츰 잦아들 무렵, 불에 탄 저택으로 꾸며진 무대 한쪽에서 한 소녀가 모습을 드러낸다. 여기저기 덧댄 자국이 선명한 누더기를 입고 천천히 계단을 내려온다. 흐트러진 머리칼 너머로 객석을 바라보는 눈빛에는 스산함이 감돈다. 그 안엔 단숨에 시선을 사로잡으려는 결연한 의지까지 엿보인다. 이 소녀가 바로 뮤지컬 〈쿠로이〉의 주연, 배우 송나영이 맡은 '옥희'다.

 배우가 무대에 서는 순간부터 경쟁은 시작된다. 영화나 드라마 속 주인공은 철저히 계산된 화면 속에 존재한다. 시청자는 '보고 싶은 것'을 본다고 믿지만, 실상은 편집된 '보여주고 싶은 것'만을 보게 된다. 그러나 무대는 다르다. 관객은 무대 전체를 바라보며 누구에게 집중할지, 어떤 감정선을 따라갈

지를 스스로 선택한다. 그래서 무대를 보는 관객마다 각기 다른 '주인공'이 생긴다.

배우는 관객의 선택을 받기 위해 싸운다. 맡은 배역이 실제 살아있는 인물처럼 느껴지도록 매 순간 치열하게 무대 위를 누빈다. 무대는 연습을 검증받는 자리가 아니다. 캐릭터가 관객의 눈에 들어 주인공으로 살아남아야 하는 곳이다. 작품 내 '주연' 타이틀은 정해져 있을지라도 무대 위 누구를 주인공으로 선택할지는 관객의 몫이다. 조명이나 위치, 대사의 양만으로는 주인공 자리를 보장받을 수 없는 이유가 여기에 있다. 관객의 시선이 머무는 캐릭터가 곧 극을 끌고 가는 실질적인 주인공이 되기 때문이다. 이처럼 주인공은 '서 있는 자리'가 아닌 '시선을 끌어당기는 힘'에서 비롯된다.

> "무대 위에서는 진심이 보여야 해요. 진심을 보이면 관객분들이 먼저 알아주시더라고요."

송나영은 시선을 끌어당기는 힘을 진심에서 찾는다. 배우라면 누구나 무대에 오르기까지 긴 시간 땀 흘리고 마음을 쏟는다. 하지만 그 진심을 관객에게 온전히 와닿도록 만드는 일은 별개의 문제다. 관객이 주인공을 선택하는 만큼, 배우는 무대 위 캐릭터의 정체성을 명확히 전달하는 것이 중요하다. 다시 말해, 관객의 선택은 배우가 캐릭터를 얼마나 분명하게 구현해냈는가에 달렸다. 그래서 송나영은 관객이 옥희를 단번에 이해하고 받아들일 수 있도록 구체적으로 형상화하는 데 집중했다.

대본 속 옥희에 대한 설명은 단 한 줄뿐이었다. '엽기적일 만큼 발랄하다.' 초연 배우였던 송나영은 이 문장을 단서 삼아 백지 위에서 캐릭터를 세워나가야 했다. 가장 먼저 떠올린 건 '발랄함'이었다. 밝은 말투와 활달한 움직임을 중심으로 옥희를 구상했지만, 김동연 연출의 조언이 새로운 방향을 틔워주었다. '옥희가 사람처럼 보이지 않았으면 좋겠다'라는 말에 송나영은 옥희를 단순한 소녀가 아닌, '귀신'으로 방향을 조정했다. 그는 실제 귀신 관련 다큐멘터리를 찾아보며 표현의 실마리를 모았다. 갑작스럽게 웃거나 휙 돌아보는 특이한 몸짓을 옥희에게 하나씩 덧입혔다.

> "아이들을 보면 또박또박 말하는 경우가 많더라고요. 옥희처럼 당돌한 성격이라면 말투도 그렇게 보여야 맞다고 생각했어요."

처음에는 어린 옥희를 연기하기 위해 혀 짧은 말투를 써야 할지 고민했지만, 실제 아이들을 관찰하면서 의외의 깨달음을 얻었다. 아이들은 흔히 생각하듯 어눌하게 말하기보다 오히려 분명하게 발음하는 경우가 많았다. 당돌한 성격의 옥희라면 말투 역시 또렷하고 똑 부러지는 쪽이 더 자연스럽다고 판단했다. 이처럼 캐릭터의 면모를 명확하게 드러내는 건 관객의 시선을 붙드는 중요한 원동력이 된다.

하지만 캐릭터만으로는 관객의 시선을 오래 붙들기에 한계가 있다. 극 중에서 감정이 서서히 쌓여 캐릭터만의 서사가 완성될 때, 관객은 비로소 그 캐릭터에 매료된다. 송나영은 이 점에 주목했다. 그는 옥희의 감정선이 무대 위에서 자연스럽게 드러날 수 있도록 표현 하나하나에 공을 들였다. 그가 가장 먼저 고민한 건 옥희가 왜 그런 행동하는지, 이를 관객에게 어떻게 전달할 수 있을지였다. 특히, 송나영은 관객이 옥희의 감정과 욕망을 이해하고 따라갈 수 있도록 심혈을 기울였다.

"솔직히 배우라면 객석에서 즉각 웃음이 터질 때 짜릿함이 있거든요. 저도 웃기고 싶었어요. 사람들도 끝나면 웃겼던 장면을 가장 많이 떠올리니까요."

처음에는 관객의 웃음을 끌어내고 싶다는 욕심도 있었다. 하지만 웃음만 좇다 보면 옥희가 지닌 간절함, 쿠로이 저택을 떠나 성불하고자 하는 마음이 희석될 수 있다는 고민이 뒤따랐다. 감정선이 무너지면 캐릭터 자체가 흔들릴 수 있기에 그는 극의 장르에 맞춰 억지로 웃기려 애쓰기보다 옥희의 진심에 집중했다. 아이러니하게도 감정을 좇은 연기가 도리어 더 큰 웃음을 불러왔다. 옥희가 절절한 목소리로 엄마를 부르는 장면에서는 객석 곳곳에서 웃음이 터져 나왔다. 슬픔에 젖어 구슬프게 우는 모습 자체가 뜻밖의 웃음 포인트가 된 셈이다.

"저는 진심으로 울고 있는데 관객분들은 웃음을 터뜨리시더라고요. 너무 간절하니까 이게 오버가 아니라 액팅이 크게 나올 수 있는 거고. 그러다 보니까 캐릭터가 잡히는 것 같아요."

이처럼 캐릭터의 감정선을 설득력 있게 전달하는 일은 무대 위에서 어떤 감정을 중심축으로 삼을지 선택하는 문제와 맞닿아 있다. 배우가 어떤 감정에 무게를 두느냐에 따라 관객의 캐릭터 이해도는 상이해지기 때문이다. 이는 단순한 감정 연기를 넘어 캐릭터가 무엇을 간절히 원하는지를 어떻게 보여줄 것인가에 대한 고민으로 확장된다.

무대 위에서 캐릭터의 욕망이 선명하게 드러날수록 관객은 그 간절함에 이끌려 서사를 따라가게 된다. 옥희에게는 쿠로이 저택을 벗어나 성불하고자 하는 간절한 바람이 있다. 이 욕망은 옥희 혼자만의 힘으로는 이룰 수 없다. 옥희의 욕망을 이루려면 해웅이 꼭 필요하다. 그래서 송나영은 해웅과의 관계 속에서 옥희가 겪는 감정의 변곡점을 면밀히 포착하였다. 그는 옥희에 관해 이야기할 때면 마치 옥희가 된 듯, 그 순간을 떠올렸다.

"저(옥희)를 변화시키는 사람이 해웅이에요. 해웅이도 옥희를 만나 변하고. 서로 동화된다고 할까요. 누구 하나 저(옥희)한테 따뜻하게 말 걸어주는 사람이 없었는데 해웅이 처음으로 저(옥희)에게 따뜻한 말을 건네줘요."

지박령으로 오랫동안 고립되어 있던 옥희는 해웅을 만나 서서히 마음의 문을 연다. 개인주의적이었던 해웅 역시 옥희와의 관계를 통해 변화한다. 이 같은 감정 변화는 옥희의 얼굴에 고스란히 담긴다. 송나영은 관객이 옥희의 감정을 자연스럽게 알아챌 수 있도록 메이크업을 활용해, 그 서사를 시각적으로 풀어내는 방식을 직접 고안했다.

처음 무대에 등장하는 옥희는 입술 하나 칠하지 않은 채, 색조를 모두 뺀 창백한 얼굴로 차갑고 음산한 분위기를 자아낸다. 이는 지박령으로 살아온 옥희의 외로움과 삭막함을 고스란히 투영한 모습이다. 해웅을 만난 후 옥희는 양 갈래로 머리를 묶고 두 볼에 짙은 홍조를 더하여 말 그대로 '엽기적일 만큼 발랄한' 모습으로 무대에 선다. 이는 해웅의 앞에서 드러나는 옥희의 허당기와 변화된 감정을 시각적으로 보여준다. 이렇게 생기발랄한 모습으로 변신한 옥희는 전에 없던 밝은 에너지를 뿜어내고 해웅과 호흡을 주고받으며 극을 이끌어간다. 후반부, 옥희에게 시련이 닥치면 송나영은 지워지고 번진 화장을 수정하지 않은 채, 그대로 무대에 오른다. 관객에게 옥희의 힘든 상황을 생생하게 보여주기 위해서다. 송나영이 감정선을 한층 한층 치밀하게 쌓아 올린 덕분에 관객들은 옥희의 얼굴에 드러난 간절함과 감정에 이끌린다. 이 같은 노력은 캐릭터의 서사에 깊이 빠져들어 관객이 옥희의 여정을 따라가고 싶게 만든다. 이렇듯 관객에게 진심이 닿는 순간은 캐릭터에 대한 이해를 바탕으로 한 깊은 고민과 치열한 노력이 쌓여 빚어진 결과다.

그 치밀한 노력 뒤에는 배우로서 느끼는 무거운 책임감이 자리하고 있다. 한 편의 작품이 무대에 오르기까지는 수많은 스태프와 제작진, 동료 배우들의 땀과 노력이 있고 나아가 막대한 예산이 투입된다. 송나영은 그런 총체적인 노력과 기대를 관객에게 전달하는 최종 주자로서 무대에 선다. 첫 장면부터 혼자 무대를 장악해야 하는 부담과 자신의 연기에 따라 작품의 재미와 완성도를 좌우할지 모른다는 두려움, 관객의 반응 하나하나가 곧 작품의 운명을 결정한다는 압박 속에서 그는 배우로서 책임감을 묵묵히 안고 무대에 오른다. 송나영은 그러한 책임감을 바탕으로 매번 진심을 담아 연기한다. 그는 작품에서 캐릭터 이해와 배우의 진심 어린 연기가 맞아떨어질 때 비로소 관객에게 감동이 전해진다고 믿는다.

이러한 믿음은 공연을 끌고 나가는 태도와 직결된다. 공연을 거듭하다 보면 누구나 나태해지기 쉽지만, 송나영은 일본 극단 사계의 모토인 '익숙해지면 떠나라'는 말을 되새기며 매너리즘에 빠지지 않도록 마음을 다잡는다. 매 순간 무대 위 캐릭터에 정성을 쏟고 작품의 완성도까지 책임지는 그의 태도야말로 진심이다. 결국 관객이 주인공을 선택하게 만드는 힘은 다름 아닌, 배우의 진심에서 비롯된다. 송나영은 매 공연, 책임감을 바탕으로 진심 어린 연기를 펼쳤고, 그 진심은 관객에게 가닿아 옥희의 서사에 귀를 기울이게 만든다. 처음에는 낯설고 독특한 귀신의 눈빛에 끌리고, 이내 옥희의 좌절과 희망에 함께 울고 웃게 될 것이다. 송나영이 보여준 연기, 그 진심에 마음을 빼앗겼다면 자리에서 일어나 있는 힘껏 박수를 보내면 된다. 그 박수 하나하나가, 송나영이 다시 무대로 나아갈 힘이 되어줄 테니.

"캐릭터가 될 만큼 빙의돼야 해요."

_배우 무현

유재영

유재영 인터뷰어
한국방송작가협회 정회원. TV와 라디오 분야에서 구성작가로 활동했다. SBS창작애니메이션대상, 서울창작애니메이션대상에서 심사위원을 맡았고 동아방송예술대학교, 두원공과대학교, 백석예술대학교에 출강했다. 현재 중앙대학교에서 글쓰기를 강의하고 있으며 드라마에 관심을 가지고 연구 중이다. 2016 한우리독서올림피아드 선정도서 〈남극에서 날아온 펭귄의 모험〉을 썼다.

무현 인터뷰이
대학교에서 뮤지컬을 전공하던 2002년 〈사운드 오브 뮤직〉으로 데뷔하여 무대와 방송, 스크린을 넘나들며 활발히 활동하고 있다. 뮤지컬 〈어쩌면 해피엔딩〉〈여신님이 보고 계셔〉〈김종욱 찾기〉〈스페셜 레터〉〈왕세자 실종사건〉, 드라마 〈견우와 선녀〉〈더 글로리〉〈파친코〉, 영화 〈콘크리트 유토피아〉〈하이재킹〉에 출연했다.

"캐릭터가 될 만큼 빙의돼야 해요."
배우 무현

유재영

　오뚝한 콧날과 큼직한 눈. 시원시원한 이목구비가 밉상 박힌 요시다를 연기하기에는 아깝고 곱상해야 할 처녀귀신을 연기하기에는 적격이라는 생각이 들었다. 〈쿠로이〉의 초연 무대에서 배우 김지훈과 함께 처녀귀신과 요시다의 기본 틀을 만든 그의 첫 인상은 좀 더 클로즈업해서 보고 싶은 배우의 얼굴이다. 그러나 무대에 선 그에게 클로즈업은 필요 없었다. 온 몸으로 뿜어내는 에너지가 극장 맨 뒷자리에도 생생하게 전해져 관객의 마음을 움직이기 때문이다. 20년 동안 김남호란 이름으로 관객들과 만났고 새로운 도약을 위해 개명한 그는, 배우 무현이다.

　처녀귀신에 대해 팜플릿은 이렇게 소개한다. 전형적인 처녀귀신으로 양기를 받아 승천하기를 꿈꾼다, 욕망 덩어리. 소개된 것처럼 남자에 집착하는 처녀귀신은 그 욕망을 무대 위에서 통통 튀는 에너지로 발산한다. 오랜만에 남자 사람을 만나 한시도 가만있지 못하고 온 몸으로 끼를 발산하는 처녀귀신은 눈짓, 손짓, 발짓에 생전 충족시키지 못한 정욕을 가득 담아 주인공 해웅에게 수작을 부린다. 마지막에 밝혀지는 반전 정체의 복선인 흐느적거림만으로도 존재감을 발휘하는 처녀귀신은 〈쿠로이〉에서 가장 몸을 많이 쓰는 만큼 가장 개성 강한 캐릭터라 할 수 있는데, 무대 경험과 역량이 필요한 배역에 제작팀이 무현을 떠올린 것은 당연한 일이다. 뮤지컬을 전공한 무현은 〈너의 목소리가 보여〉 시즌4에 출연할 당시 실시간 검색어 1위에 오를 만큼 노래 실력이 뛰어나고 난이도 있는 아크로바틱을 소화할 수 있을 만큼 춤 실력도 상당하다. 전 세계 히트 뮤지컬 〈맘마미아〉에서부터 〈여신님이 보고 계셔〉, 〈어쩌면 해피엔딩〉, 〈아가사〉, 보이그룹의 콘서트를 뮤지컬로 옮긴 〈알타보이즈〉 등 해외 유명 라이선스 작품과 국내 창작뮤지컬 히트작에서 춤, 노래, 연기, 연주 등 다재다능한 실력을 보여준 그는 캐릭터를 몸으로 표현하는 데 최적화되어 있다.

〈쿠로이〉의 귀신들은 이승에서 해소하지 못한 강한 원념을 가지고 있고 이를 해결해 승천하기를 애타게 원하며 쿠로이 저택을 떠돈다. 프로이트가 말하는 '억압된 것의 귀환'이다.

그런데 원(怨)하고 원(願)하는 귀신들의 감정은 무대에서 웃음 창출의 기제로 작동한다. 창작물에서 억압의 귀환은 통상 공포의 원천으로 작동되어 왔지만 〈쿠로이〉에서는 웃음의 원천으로 작동하며 전복의 쾌감을 만든 것이다. 그 쾌감을 가장 크게 분출하는 것이 처녀귀신이다.

우리가 아는 처녀귀신이란 억울한 죽음 때문에 깊은 한을 품은 파토스적 존재이다. 무속에 의하면 처녀귀신은 호구(虎口)라 하며 가장 위험한 존재로 여긴다. 처녀귀신은 괴롭힘의 정도가 심해 시신을 매장할 때 남장을 하고 거꾸로 시신을 묻거나, 남성들이 많이 지나다니는 사거리에 몰래 평토장을 했다고 한다. 무당들이 처녀귀신과 더불어 가장 두려워하는 귀신은 물귀신으로 물에 빠져 죽은 사람의 집과는 혼례도 치르지 않았다고 한다. 그런데 〈쿠로이〉 처녀귀신의 본래 정체가 물귀신이니 '처녀귀신인 줄 아는 물귀신'이 지닌 원(怨)과 원(願)의 에너지는 얼마나 강렬하게 표현되어야 할까.

격정적인 욕망의 화신은 무현의 해석과 노련미를 통해 관객을 즐겁게 하는 사랑스러운 캐릭터로 완성되었다. 배역에 대한 단 두 줄의 소개, 창작 뮤지컬 특성상 초연 배우가 스스로 캐릭터를 완성해야 하는 조건이 무현에게는 캐릭터 표현에 도움이 되었다.

"역할 설명이 없어서 좋았어요. 내가 새로운 처녀 귀신을 만들 수 있으니까. 내가 배역에 빠져서 뻔하지 않은 뭔가를 만들어낼 수 있어서 좋았어요."

쿠로이 저택의 처녀귀신은 머리를 풀어헤친 공포물의 비주얼이지만 무섭지 않고, 음흉한 속내를 수시로 드러내지만 천박하지 않다. 멈추지 않는 교태는 코믹하고 눈치 없는 말과 행동은 명랑해서 공연의 쾌활함을 견인하며 웃음의 파고를 높인다. 그 주체 못하는 욕망을 완성하는 데 애드리브는 큰 역할을 한다. 귀신들이 자유롭게 드나드는 쿠로이 저택을 해웅은 나가지 못하여 난감해할 때 처녀귀신이 애교 섞인 말투로 던지는 "처녀 왔어요"는 화룡점정이다. 그러나 애드리브는 즉흥으로 표현되었어도 무심코 표출된 것이 아니다. 어떡하면 해웅을 더욱 난해하게 만들어 긴장감을 끌어올리고 〈쿠로이〉의 유명한 넘버 〈저 문을 열고〉까지 드라마틱하게 이어질 수 있을까에 대한 고민 끝에 나온 대사이다. 무현의 진지한 의도와 달리 처녀귀신의 엉뚱한 매력에 빠진 관객들은 폭소를 터뜨렸지만 결과적으로 웃음과 감동이 공존하는 명장면을 만들 수 있었다.

처녀귀신으로 쿠로이 저택을 펄펄 날아다니는 무현이지만 그의 에너지가 무대를 뚫고 나오는 장면은 요시다를 연기했을 때이다. 일본인에게 빌붙어 중개업자로 성공한 요시다는 지극히 현실적인 캐릭터로 처녀귀신과 대비되는 정적인 인물이라 할 수 있다. 그러나 귀신들의 계략으로 4명의 귀신에게 빙의되어 100인의 일꾼 역할을 해내는 장면은 〈쿠로이〉에서 가장 에너제틱한 장면으로 관객들 사이에서 회자된다. 무현은 "공사, 공사"가 무한 반복되는 짧은 넘버에 요시다와 귀신들 캐릭터를 살린 춤과 애드리브를 삽입해 수십 명의 연기자가 출연한 듯 무대를 꽉 채우며 뮤지컬의 하이라이트와 같은 빙의 쇼를 만들었다.

요시다의 빙의는 무현에게 운명 같은 장면이다. 코로나 때문에 5년 동안 맹활약하던 일본에서 강제 귀국해 우울해하고 있던 2020년, 그는 캐스팅 제의와 함께 받은 〈쿠로이〉 대본의 빙의 장면을 보고 흥분했다. 본인이 가장 잘 해낼 수 있는 장면을 만났다는 예감에 설레며 빙의 장면에 매달렸다. 대본을 받은 날부터 밤낮없이 연습하고 수많은 피드백을 반영해 빙의 장면을 완성해갔다. 마침내 첫 공연에서 요시다의 빙의를 연기했을 때 관객들의 기립박수가 소극장을 뚫고 나왔고 무현의 빙의 연기에 취해 쿠로이 저택에 갇혀버렸다는 극찬이 이어졌다. 2분도 안 되는 넘버를 100인분 몸짓으로 채워 넣을 수 있는 힘, '과연'이라는 수식어가 어울리는 무현의 힘이다.

언젠가부터 유행처럼 등장하는 멀티맨을 보는 것은 뮤지컬을 즐기는 재미가 되었다. 한 명의 연기자가 극 중 여러 역할로 나오는 멀티맨은 제작비 절감을 위한 방법이기도 하지만 일인다역 캐릭터가 주는 즐거움은 무대에서만 체험할 수 있는 공연의 매력이 되었다. 무현은 멀티맨 단골배우이다. 뮤지컬 〈김종욱 찾기〉에서 김종욱보다 기억에 남는다는 1인 22역 멀티맨을 비롯해 최근의 〈바스커빌〉, 그리고 〈카포네 밀크〉까지 24년에만 4편의 작품에서 멀티맨을 연기했다. 그가 20년 넘도록 뮤지컬 무대에 설 수 있었던 힘은 멀티맨을 연기하며 쌓은 만능 연기의 내공에 있다고 할 만한데 그는 내공을 쌓은 힘의 비결로 역할에 잘 빠져드는 것, 빙의력을 꼽는다. 몰입의 힘을 광기, 빙의로 표현한 것이다.

빙의의 힘은 모든 연기에서 가장 중요하지만 무작정 빠져들어서는 안 된다고 한다. 긴 머리카락 가발을 쓰는 순간 '욕망 덩어리' 처녀귀신이 되고 문을 나가 안경을 쓰고 다시 들어오는 순간 '비열한 현실주의자' 요시다가 되기 위해서는 한계 없이 빙의되되 냉철하게 빠져나와야 한다는 것이다. 어떻게 해야 잘 빙의될 수 있을까?

"이렇게 하면 이런 캐릭터로 보이겠지 정도로는 안 돼요. 철저히 분석해서 본인이 그가 되었다고 생각할 만큼 충분히 연습해야 해요. 그래서 빙의라는 표현을 쓴 거예요. 캐릭터가 되어야 할 만큼이니까. 멀티는 생명이 단축될 만큼 힘들어요. 하지만 해냈을 때의 뿌듯함이 더 크죠. 빠져들어야 만족하고 성취도도 높아요."

분석해서 캐릭터에 빠져들고 계산해서 캐릭터를 빠져나오는 것, 빙의는 비논리적인 초자연적 현상이지만 무현의 빙의력은 이성적이고 과학적인 결과치인 것이다.

수많은 대중콘텐츠를 통해 친숙해진 빙의는 무속인과 관련된 용어로 알려져 있지만 사실 연기자만큼 빙의에 익숙한 직업도 없을 것이다. 연기란 언제나 남이 되어 다른 영혼을 옮겨 붙이는 일이니 말이다. 그런 점에서 무현의 빙의론은 연기의 기본을 말하는 보편적 연기철학이고 그는 연기의 기본에 충실한 천생 배우이다. 그렇게 무현은 내면의 수많은 그이에게 기꺼이 영혼을 옮겨 붙이고 밖으로 불러내어, 마침내 관객들과 조우시키는 연기의 길을 즐거이 걸어왔다.

2001년부터 2002년까지 공연된 〈오페라의 유령〉 이후 한국 뮤지컬 시장은 눈에 띄게 확장되었다. 해외 유명 라이선스 작품의 인기와 함께 국내 창작물도 성장하여 시장의 규모는 해마다 커졌고 영화 산업이 주춤하는 새 대중문화콘텐츠에서 뮤지컬이 차지하는 비중이 크게 증가하고 있다. 시장이 확대되는 시기에 뮤지컬 연기를 시작했다는 것은 배우로서 행운일 것이다. 그러나 역으로 생각해보면 이 시절 무대에서 뛰어준 배우가 있었기에 한국 뮤지컬 시장이 성장할 수 있었다. 무현은 그 중 한 명이다.

2002년 〈사운드 오브 뮤직〉으로 데뷔한 이래 그는 인생의 과반을 무대에서 보냈다. 연기가 버거울 때면 '작품 끝낸 후 여행을 가야지' 하는 소박한 바람으로 무대의 무게를 버티다가도 막상 쉬게 되면 연기에 대한 갈증으로 무대귀환을 서두르는 순환 속에서 어느 새 100편이 넘는 작품에서 수백 명을 연기한 중견 배우가 되었다. 잠시 쉬어가기 위해 떠난 일본 여행 중에도 일본 무대에서 뛸 만큼 그는 무대와 한 몸이 되어버렸다. 멀티 연기를 많이 하다 보니 한 때는 한 역할을 깊이 있게 해보고 싶다는 바람도 있었지만 이제는 배역보다 영향력을 줄 수 있는 연기에 대한 소망이 생겼다. 처녀귀신과 요시다는 코로나로 힘든 사람들에게 밝은 에너지를 주고 싶었던 그의 바람이 반영된 것이다. 고민 끝에 개명한 새 이름은 그의 희망을 오롯이 보여준다. 좋은 영향이 관객들에게 풍성하게 전해지기를 바라는 마음이 茂賢이다.

20년 넘게 수많은 무대를 돌아다닌 무현에게 쿠로이 저택은 고향과 같은 곳이다. 나고 자라며 가족과 함께 시간을 보낸 것처럼 마냥 따뜻하고 좋았던 기억이 가득한 곳. 그 안에 있던 처녀귀신과 요시다에게 빙의되어 관객들과 만났던 기억이 불쑥불쑥 그리워지는 곳. 처음 만났던 설렘과 연습실에서의 열정과 관객들의 우렁찬 박수가 언제든 그를 품으며 다독여줄 것만 같은 추억 가득한 공간이다.

"배우가 힘들어야 관객이 재밌거든요."

_ 배우 원종환

이수빈

이수빈 인터뷰어
2024 부산일보 신춘문예 동화 부문에 〈매력 훔치기〉가 당선되며 작가 활동을 시작했다. 발표한 작품으로 〈도망가자, 할머니!〉, 〈못난 점 찾기〉, 〈산타를 믿으시나요〉 등이 있으며 2024년 봄에 〈경찰 히어로 사건 수첩〉으로 한국아동문학인협회 우수작품상을 수상했다. 소설과 뮤지컬 등 다양한 장르를 넘나들며 사랑과 성장을 중심으로 한 콘텐츠를 창작하고 있다.

원종환 인터뷰이
2005년 뮤지컬에 참여하며 20년째 배우의 길을 걷고 있다. '평생 멀티맨'이라는 칭호에 걸맞게 악역, 코믹, 멜로, 비극 등 넓은 연기 스펙트럼으로 각종 작품에서 활약했다. 목표는 언제까지고 도전하고 인정받는 것, 늘 신인 같은 마음가짐으로 작품에 임하는 사람이다.

"배우가 힘들어야 관객이 재밌거든요."
배우 원종환

이수빈

"배우가 힘들어야 관객이 재밌거든요."

배우의 고생이 관객의 재미, 그것이 진리라 말하는 배우 원종환을 만났다. 배우가 고생하는 극, 배우를 혹사시키는 넘버를 유독 사랑하는 뮤덕으로서 이렇게 말해주는 그에게 단번에 마음을 빼앗길 수밖에 없었다. 그런 한편, 동화 작가로서 소재의 선정과 단어의 배치까지, 작가가 고심한 만큼 좋은 작품이 나온다는 나의 집필 철학과도 맞아떨어지는 그 말을 들으며 예술가이자 창작자로서의 고뇌와 자부심에 깊이 공감할 수 있었다.

연극영상과 졸업 공연으로 뮤지컬을 해야 한다는 말에 이해할 수 없다며 싸우기까지 했다던 그는 다양한 극에서 감초

이자 소금 같은 역할을 해오며 데뷔 20주년을 맞이했다. 뮤지컬 〈렌트〉로 뮤지컬에 흥미를 느끼고 친구의 권유로 뮤지컬 〈죽은 시인의 사회〉에 합류해 지금에 이르기까지, 그는 모든 것이 우연이었다고 말했다. 그러나 인터뷰 내내 눈으로, 손으로, 마음으로 보여준 그의 진심에는 노력과 애정이 가득 묻어 있었다. 자신의 꿈에 관해, 자신이 해온 일에 관해 이야기할 때의 반짝이는 눈빛은 그 어떤 것보다 눈부셨다. 20년이 지났지만, 뮤지컬에 관해 이야기하는 그의 눈은 여전히 첫 공연을 마칠 때처럼 벅차오르는 환희로 반짝였다.

누군가 내게 사랑한다는 말 없이 사랑을 표현하는 법을 알려 달라고 묻는다면, 원종환이 뮤지컬에 관해 이야기하는 것을 보라고 답하고 싶다. 〈쿠로이〉 트라이아웃, 초연, 재연에 사이토이자 무당이자 아저씨이자 선관 귀신으로 출연한 그는 초연 참여가 유독 재미있다며 "연습 과정을 중요하게 생각하는 사람으로서, 다툼도 겪으며 쉽지 않은 길을 통과해 결실을 볼 때의 성취감"이 좋다고 말했다.

성불하지 못한 선관 할아버지 귀신이 한탄할 때 "늙으면 죽어야지" 대신 "죽었으면 늙어야지"라고 말하거나, 성불 의식에서 식순을 읊고 특별 반주자 해웅을 소개하는 등의 디테일은 연습 때 이것저것 시도해 본 것 중 반응이 좋았던 애드리브를 대본화한 것이라고 했다.

"상아(작가)가 쓴 틀 위에 애드리브를 붙여서 저희가 대사를 다 만들었던 거예요. 연습 때 웃기려고 시도해 본 게 대본에 들어가기도 했죠."

초연 때의 틀이 남아 있는 재연 연습 때도 "쉽게는 안 하려고 하는 스타일"이라는 그는 끝없이 토론하고 시도하며 마냥 편하지 않은 연습 과정을 거쳐 자신만의 스타일을 구축하고자 한다고 했다. 악역 '사이토'의 경우 특히 캐릭터를 몇 개씩 가져와 고르는 과정을 반복했다고. 그런 그의 캐릭터는 초연과 재연에서도 각각 차이를 보인다. 끝없이 어떤 것이 나을지 고민해야 하는데, 그는 그 과정이 정말 쉽지 않다고 강조했다. 글을 쓰기 직전까지도 캐릭터의 말투부터 이야기의 진행 방향까지, 고민을 멈추지 못하는 내 모습이 겹쳤다. 고생을 사서 해야만 직성이 풀리는 그와 나는 그 고생마저도 행복으로 여긴다는 점에서 동질감을 느꼈다.

관객이 각 캐릭터가 같은 배우임을 알아채지 못하게 하고 싶었다던 그와 동료 배우들은 함께 캐릭터들을 분석하며 어떤 면에서 각 캐릭터가 다른 사람으로 보이게 할 건지, 감쪽같이 바꿀 수 없는 목소리 같은 부분은 어떻게 숨길 것인지 머리를 맞대고 고민했다. 단순히 '나 이제 다른 역할로 나온다'라는 배우로서의 어필이 아니라 각기 다른 캐릭터로서 막이

내릴 때까지 관객에게 본체를 감쪽같이 속이고 싶어 치열하게 연습했다고. 각 캐릭터가 개성적이었으면 하는 마음을 담아 캐릭터별 설정을 짜는 데 오랜 시간을 들이는 작가로서, 캐릭터 자체가 되어 더 깊고 풍부하게 영혼을 불어넣어 주는 배우들에게 존경과 감사의 마음이 들었다.

초연을 성공적으로 마친 뒤의 감상을 묻자, 그는 다른 인터뷰에서는 한 번도 이야기하지 않았다던 마음을 털어놓았다.

"배우들끼리 술 마시거나 할 때, 〈쿠로이〉가 어떻게 만들어졌다는, 내 안의 자부심에 대해서 이야기해요."

창작 초연을 기획할 때 관객을 확보하기 위해서는 소위 '티켓 파워'가 있는 배우를 뽑는 것이 유리하다. 이전에 수상 경력이나 흥행 성공작 집필 경험이 있는 작가에게 집필 제안이 가는 것과 같은 맥락이다. 경력도 경험도 없는 신인들이 맨땅에서 성공하기란 바늘구멍으로 코끼리를 집어넣는 것만큼이나 어렵다. 〈쿠로이〉 초연은, 그의 말을 빌리자면, "재야에 묻혀 있던" 배우들로 구성되었다. 그간 빛을 보진 못해 서로만이 실력을 파악하고 있던 고수들이 마찰을 일으킬 때, 그 열정은 불꽃이 되었다. 다른 스케줄로 빠지는 배우도 없이 시작부터 10 to 10(오전 열 시부터 오후 열 시까지) 연습을 진행했다는 배우들의 열정은 극을 제작하는 모두가 공유하는 뜨거운 마음이기도 했다.

> "회사도, 스태프들도, 배우들도 다 똘똘 뭉쳐서 '우리가 보여주자'라는 마음이 있었어요."

모두 '그게 되겠어?'라고 말해도 '우리는 이거 한 번 보여주자', '작품이 좋으면 된다'라는 마음으로 아이디어 회의도 자주 진행하고 연습에도 매진했다는 그때를 회상하며 그는 벅찬 미소를 지었다. "이뤄냈다, 그런 느낌"을 받았다며 미소 짓는 그는 여전히 그때의 첫 무대 커튼콜 박수 세례 한가운데에 서 있는 듯했다. 배우들은 첫 공연이 끝나고 박수 소리를 들으면 느낌이 온다고 했다. '수고했어요.'의 박수인지, '정말 감동이야!'의 박수인지가 다르게 느껴진다고. 그날 배우들에게 쏟아진 박수 소리는 오래도록 열정의 연료가 되었다.

〈쿠로이〉가 성공한 국내 창작극이자 믿고 보는 코믹극으로 자리매김한 과정에는 모두의 열정이 담겨 있었다. 극이 성공하기 위해서는 제작진, 배우들의 협동과제 수행력이 중요하다. 잘 만들어진 극, 진심을 담아 연구하고 연출하려는 배우와 제작진 모두의 협동과제. 꿈꾸고 노력하는 사람들을 사랑하지 않을 방법이 있을까? 관객이 뮤덕이 되고, 배우와 극과 뮤지컬이라는 장르를 사랑하게 되는 것은 어쩌면 꿈과 열정, 노력의 결실을 향한 당연한 끌림일 것이다.

"저희 나이대에 지금 살아남은 배우들은 거의 일인다역으로, 멀티맨을 엄청
하고 싶었던 배우들 안에서의 치열한 전쟁 끝에 살아남은 사람들이에요."

배우 한 사람이 여러 역을 소화하는 극의 특성상 체력 면에서나 캐릭터별 디테일 연출에 어려움을 느꼈을 것 같다는 말에 그는 체력적으로는 당연히 힘들다며 호탕하게 웃었다. 잠깐 웃은 뒤 다시 진지해진 표정으로 그는 이 말만은 꼭 하고 싶었다며 처음 뮤지컬을 시작하던 때를 회상했다. 그가 처음 뮤지컬을 시작했을 때쯤, 대학로에는 〈김종욱 찾기〉라는 극에서 출발한 '멀티맨'(일인다역)이라는 역할이 엄청난 이슈를 일으켰다. 그 당시 멀티맨으로 유입된 배우들은 캐릭터별 분석 훈련이 되어 있는 사람들이라는 그의 눈에서 자부심이 출렁였다.

뿌듯한 미소로 이야기하던 그는 멀티맨 출신 배우들이 요즘 모일 때마다 하는 말이 있다며, 걱정스러운 목소리로 말을 보탰다. 멀티맨이라는 말 자체가 조연이라고. 때마다 유행은 바뀌고, 그걸 따르는 것은 자연스러운 일이나 최근 대학로 극에 조연이 거의 사라져 버렸음에 조심스럽게 우려를 표했

다. 그가 막 연기에 도전하던 때에는 멀티맨이 유행이었기에 많이 도전하고 훈련하고 공부했다면, 지금 시작하려는 배우들은 모두가 주인공인 극만을 본다는 것, 그러니까 조연은 염두에 두지 않는 배우들이 조금 걱정되는 것은 사실이라고 말했다.

젊은 배우들이 일인다역을 잘 훈련할 수 있을지 걱정이었다던 그는 〈쿠로이〉에서 실력이 뛰어나고 열정이 투철한 배우들을 만나 안심했다고 했다. 더 다양한 극, 다양한 캐릭터에 도전하며 뮤지컬이 더 많은 사람에게 많은 의미로 다가갔으면 하는 그의 진심이 느껴지는 동시에 그가 여태 연기해 온 캐릭터들을 향한 애정을 엿볼 수 있었다. 내가 여태 쓴 나의 작품 속 인물들을 자식처럼 사랑하듯, 그 역시 그 자신인 동시에 다른 인물이었던 캐릭터들을 진심으로 사랑한다는 것은 말을 보태지 않아도 알 수 있었다.

캐릭터를 향한 그의 애정은 선관 귀신이나 아저씨 같은 선한 역에 한정되지 않는다. 그의 악역은 인간미 있고 바보 같은, 밉지만 밉지 않은 캐릭터로 무대를 휘젓는다. 무대극 특성상 몇 달을 한 캐릭터로 살아야 한다고 가정할 때, 그 긴 기간을 악역으로 산다면 견딜 수 없을 것 같다던 그는 그것이 관객을 위해서도 중요한 시도였다고 말했다.

얼마 전 유튜브 알고리즘을 점령했던 뮤지컬 〈레드북〉의

거물 문학평론가이자 자칭 예술 애호가, '딕 존슨' 역도 마찬가지다. 작가인 주인공 안나에게 평론을 빌미로 성관계를 제안하는 추악한 악역으로 연출 과정에서 고민이 많았다던 존슨 캐릭터는 사실적으로 연기하는 것이 이 극에 전혀 도움이 되지 않고, 관객에게도 찝찝하고 더러운 감상만을 남기므로 희화화해 '별것 아닌 존재'로 우습게 보여주는 것에 초점을 맞췄다고 했다.

"저는 악역을 거의 희화화했어요. 세상의 악은 알고 보면 굉장히 우스운 거다. 그렇게 말하고 싶어요. 관객들이 정말 무섭게 느끼지 않았으면 해요. 우습게 보이길 원해요. 별것 아니네, 뭐야, 그렇게."

배우는 고생해야 한다던 단호한 태도와는 반대로, 그가 관객에게 주고 싶은 것은 부드럽고 따뜻한 메시지였다. 세상의 악은 알고 보면 우스운 것이라는 동화적인 철학. 무대극의 관객과 동화의 독자는 아주 다르지만 아주 비슷하기도 하다. 맞설 수 있고, 두려워하지 않을 수 있는 악당들만이 존재하는 꿈과 환상의 무대에서 용기를 얻는 것. 그것은 이 풍진 세상 속 창작물과 창작자가 감상자에게 줄 수 있는 아주 값진 선물일 것이다.

대학로의 배우들이 '웃긴 아저씨'로 꼽는 그의 유쾌하고 편안한 분위기는 옥희와 풍금을 치던 다정한 배수환 아저씨 모습 그대로, 관객에게 따스한 동화를 읽어 주는 것처럼 다가가기도 한다. 무대 위에서나 아래에서나 변함없이 재미있고 듬직한 그가 무대 준비 과정에는 나서서 고생하고 진지하게 분석하는 인물이라는 점이 20년 동안 수많은 관객을 매료시킨 포인트가 아닐까. 앞으로의 20년, 이것저것 도전하며 인정받는 배우가 되고 싶다는 신인 같은 목표를 내세운 그는 한 걸음 더 나아갈 의지를, 꿈꾸기를 잊지 않는 동심을 한가득 품은 배우다. 최고의 멀티맨으로서 치열하게 고뇌하고 분석하지만, 관객에게는 동화 같은 메시지만을 남기고자 하는 반짝이는 눈빛의 그를 동심 지킴이라 부르고 싶다.

"〈쿠로이〉는 두 번째 집."
_배우 김지훈

이회빈

이회빈 인터뷰어
LG헬로비전 대구방송국 단편극 공모전 수상작 〈우리는 항상 누군가의 '언젠가'이다〉를 집필하며 영상 작업을 시작했다. 이후 단편영화 〈처음 느낌 그대로〉, 〈운이 좋던 그날〉을 집필하고 연출하며 지역 상영회를 통해 관객과 소통했다. 현재 중앙대학교 문예창작학과 석사과정에 재학 중이며, 사회 제도 경계에 선 인물들의 이야기를 탐구하고 있다.

김지훈 인터뷰이
1982년 9월, 파주에서 태어났다. 2006년 뮤지컬 〈페이스 오프〉를 시작으로, 〈빨래〉, 〈판〉, 〈쿠로이 저택엔 누가 살고 있을까?〉 등 다양한 뮤지컬 무대에서 활약하고 있다. 또한 〈도깨비〉, 〈조명가게〉, 〈미씽: 사라진 여자〉 등 다방면의 매체에서 연기 활동을 이어가고 있다.

"〈쿠로이〉는 두 번째 집."
배우 김지훈

이회빈

샤먼. 경계를 넘나들며 현실과 비현실을 오가는 존재. 육체와 영혼을 연결하여 타자의 목소리를 자신의 몸에 입히는 존재. 일부러 찾지 않는 한, 그런 존재를 보기는 쉽지 않다. 하지만 우리는 본다. 무대라는 현실과는 다른 세계, 이세계 (異世界) 위에서 현실과 비현실의 줄을 아슬아슬하게 타며, 근엄한 고대 왕국의 대왕이 되었다가도 한이 맺힌 귀신이 되기도 하는 그들을 말이다.

예술적 샤먼. 이 호칭이 가장 잘 어울리는 배우가 여기 있다. 뮤지컬 무대를 시작으로 드라마, 영화까지 각기 다른 매체와 무대 위에서 그는 새로운 존재로 태어나고 죽고를 반복한다. 바로 배우 김지훈이다. 뮤지컬 〈쿠로이〉의 요시다 역에서 그가 보여준 연기는 "예술적 샤먼"이라는 표현을 단번에 이해하게 하는 연기였다. 이 글은 그가 〈쿠로이〉에서 보여준 예술적 샤먼의 면모를 따라가는 짧은 여정이다.

"〈쿠로이〉는 두 번째 집. 이곳에서 한 10년을 살 것 같은 집."

김지훈은 완벽한, 그리고 앞으로 더 완벽해질 영접을 위해 끊임없이 노력해 오고 있다. 그 노력은 이 두 번째 집의 세계관을 더욱 단단히 다져주었다. 그에게 있어 이 뮤지컬은 10년 넘게 연기한 〈빨래〉라는 공간에서 옮겨 온 또 하나의 거처이다. 하지만 이 집은 단순히 머무는 공간에 그치지 않는다. 그의 애정과 촘촘한 구상이 담긴 덕분에 이곳은 또 하나의 세계가 될 수 있었다. 그는 이 집 안에서 요시다 혹은 처녀 귀신이 되어 극과 현실을 자유롭게 드나든다. 그리고 이 뮤지컬이 품고 있는 영적 감각은 그의 몸을 통해 관객에게 닿는다. 하지만 예술적 샤먼이 되는 것. 이것은 하늘에서 '뚝'하고 떨어지는 재능만으로 될 일은 아니다. 영접을 위한 치밀한 계산과 노력 또한 필요한 것이다. 그는 무대에 서는 순간을 위해 치밀하게 설계하고, 연습했다. 그 노력 덕분이었을까. 〈쿠로이〉는 누구든 한 번 눈길을 주면 쉽게 헤어날 수 없는 모습으로 우리에게 다가왔다.

무대라는 이세계에서 김지훈은 철저하게 빙의한다. 때로는 빙의를 한 상태로 또 다른 캐릭터로 빙의하며 이중의 몰입을 보여준다. 그리고 그는 예술적 샤먼의 사명을 수행하기 위해 철저히 계획한다. 요시다와 처녀 귀신. 이 둘이 다른 캐릭터로 보일 수 있는 데에는 그의 계획이 큰 역할을 했다. 그는 두 역할을 '구별되게' 표현하기 위해 외적으로 많이 다르지만 연기하는 배우는 하나임을 먼저 강조한다. 같은 배우가 연기하는 캐릭터가 '같은 사람'으로 보이지 않게 하는 것이 핵심. 이를 위해 그는 무대에서 드러나는 목소리, 말투에 신경을 쓰고 제스처와 같은 무의식적인 부분까지 계획하며 통제한다. 그의 철저한 설계는 그가 구현하고자 하는 이세계의 세계관을 더욱 치밀하게 만든다.

예술적 샤먼의 숙명을 다하기 위한 김지훈의 노력은 여기서 멈추지 않는다. 그는 '나만의 요시다'를 표현하기 위해 무대에서 여러 가지 시험을 했다. 우리가 봐왔던 어설픈 이북 방언을 쓰는 요시다 또한 그 실험의 결과물이다. 대본 리딩 당시의 요시다는 푸근하고 유쾌한 그리고 겁이 많은 표준말을 구사하는 인물로 계획되었다. 하지만 그가 본 요시다는 조금 달랐다. 고아, 그리고 힘들게 살아온 요시다라는 캐릭터의 '보이지 않는 배경'에 집중한 것이다. 이런 배경을 가진 요시다라면 살기 위해선 말투도 바꿨을지 모르겠다는 해석. 그 해석은 정확하지 않은, 무언가 어설픈 이북 사투리를 쓰는 방향으로 향했다. 이렇게 완성된 어설픈 이북 사투리를 쓰는 요시다라는 캐릭터는 단순히 푸근하고, 겁이 많은 유쾌한 악역에 그치지 않았다. 그가 계획한 요시다는 일제강점기 시절 기댈 곳 하나 없이 자라 생존을 위해 무엇이든 감수해야 했던 인물로 다시 태어난 것이다. 그 사연은 사투리라는 소재를 통해 자연스럽게 내비쳐졌고 덕분에 요시다는 복합적이고 사연 깊은 존재로 관객에게 다가왔다.

빙의 속 빙의. 어쩌면 극 중에서 요시다 역이 가장 빛나는 순간일지도 모르겠다. 김지훈은 이미 요시다라는 캐릭터에 빙의한 채 '바꿔바꿔' 라는 가사가 반복되는 노래에 몸을 맡기며 다른 귀신 역할에 빙의되어 짧은 순간에 여러 캐릭터를 넘나든다. 그 모습에 관객들은 "이거 같은 사람 맞아?" 하고 의심을 품게 된다. 어쩌면 그 모습을 보고 신들렸다는 말이 절로 나올지도 모른다. 하지만 이것 또한 그의 철저한 계획 아래 이루어진 것이다. 요시다 역을 맡은 그에게는 극 중에서 혼자 호텔 공사를 해야 한다는 표면의 임무와 동시에 초인적인 모습으로 관객을 즐겁게 해야 한다는 또 다른 숙제가 동시에 주어졌다. 그는 자신에게 주어진 표면적인 임무를 수행하기 위해 짧고 강렬한 동작을 구상한다. 그리고 주어진 시간 동안 구상한 모든 것을 선사할 수 있도록 몸에 익을 때까지 반복해 연습한다. 구상을 넘어선 체화, 이를 통해 완성된 결과물은 누구 하나 의심할 수 없는 그의 권능으로 남았다.

이중의 빙의를 훌륭하게 해내던 김지훈에겐 아직 관객들을 즐겁게 해야 한다는 숙제가 남아 있었다. 그 숙제를 마치기 위해 고민하다 그는 한 가지 묘수를 떠올린다. '웃음 어메니티'를 배치하는 것. 시작은 초인적인 힘을 어떻게 표현할 것인가에 대한 고민이었다. 무대에서 펼쳐지는 이 현상이 어떻게 하면 단순한 연기를 넘어 유쾌하고도 인상 깊은 초인적 체험으로 보일 수 있을까. 이 고민의 종착점은 마술쇼를 빙의 사이에 배치하는 것이었다. 그는 엄지손가락을 없애는 등의 마술을 빙의 연기와 접목하는 것을 시작으로 시즌마다 새로운 마술쇼를 덧붙였다. 2021년 초연으로부터 꽤 오랜 세월이 흐른 지금, 이 웃음 어메니티의 내공 또한 쌓이게 되었다. 이렇게 치밀하게 설계되고 쌓인 연기는 관객에게 무섭게 다가올 수도 있는 장면도 유쾌한 즐거움으로 바꿔준다.

요시다와 처녀 귀신의 옷을 입은 김지훈. 우리가 그를 무대 밖에서 만났을 당시 그는 새로운 역할로 다른 무대에서 권능을 펼치고 있었다. 그는 관객의 웃음을 자아냈던 요시다 역할의 옷을 벗고 〈쿠로이〉와는 다른 모습으로 뮤지컬 〈그해 여름〉의 무대에 올랐다. 이병헌, 수애 주연 원작 영화 〈그해 여름〉을 각색한 이 연극에서 그는 시골 마을 이장 역할로 무대에 오른다. 〈그해 여름〉은 1969년을 배경으로 한 독재 정권이라는 시대적 비극으로 인해 이어지지 못한 두 사람의 사랑 이야기이다. 그는 여기서 연좌제의 피해자인 여주인공을 감시하는 감시자의 역할로 연기하는데 〈쿠로이〉에서 보여주었던 그의 유쾌함은 찾아볼 수 없었다. 그는 이 극에서 어둡고 무거운 연기를 선보이며 완전히 감시자 역할에 빙의한다. 앞서 〈쿠로이〉에서 맡았던 두 역할을 언급할 때 보여주었던 그의 비책이 돋보이는 순간이다. 그는 〈쿠로이〉에서 보였던 모습과 달리 감시자의 옷을 입은 채 관객이 긴장하도록 유도한다. 하나의 배우 아래 상반된 두 모습에서 우리는 그의 권능을 다시금 느끼게 된다.

김지훈의 예술적 샤먼으로서의 권능은 무대에서만 머무르지 않는다. 그는 2006년 뮤지컬 〈페이스 오프〉를 시작으로 약 20년 동안 연극, 뮤지컬, 드라마, 영화 등 다양한 매체에서 활동해 왔다. 그는 여러 매체를 넘나들며 자신만의 방법으로 안정적인 권능을 펼쳐왔다. 흔들림 속에서 느껴지는 기묘한 편안함. 무대가 달라져도 느껴지는 안정감은 철저한 계산 끝에 우리에게 주어진 선물이다. 편안한 연기를 선사하기 위해 그는 주어진 무대를 철저하게 해석하는 것이 중요하다고 강조했다. 그는 어떤 매체든 인물을 자신의 방식대로 해석해 연기하는 것이 연기의 정석이라 믿는다. 그러나 연기의 표현 방식은 무대의 크기, 다시 말해 관객과 캐릭터 사이의 물리적 거리감에 따라 달라진다고 말한다. 뮤지컬과 연극의 경우 무대가 커짐에 따라 같은 캐릭터라도 몸동작을 더 크게 하고 표정의 강도 또한 조절한다. 이러한 노력은 관객들이 멀리서도 캐릭터의 감정선을 따라갈 수 있도록 돕는 연결고리라 할 수 있다.

이에 반해 TV 드라마 등 영상매체에서는 연출자가 화각과 카메라의 시야 범위를 조정할 수 있다. 관객 또한 무대보다 훨씬 가까운 거리에서 배우의 연기를 바라보게 된다. 그는 이러한 매체의 특성을 고려하여 표현의 톤을 낮추는 것이 중요하다고 강조했다. 이어서 카메라에 담기는 연기는 눈빛의 활용이 중요하다며 표정의 풍부함이 미덕인 무대 연기와의 차이점을 설명했다. 연기를 담는 연출자와 관객이 접하는 무대까지 고려한 그의 태도는 노련한 연기자의 면모를 여실히 드러낸다.

관객의 눈높이까지 고려하여 설계된 그의 연기. 이런 세심한 설계 덕분에 그의 권능이 매체를 가리지 않고 관객에게 닿을 수 있었던 것이 아닐까? 다시금 그가 설계한 권능의 이 세계가 하늘에서 '뚝' 하고 떨어진 권능이 아닌, 철저한 계획과 조립 끝에 태어난 노력의 산물임을 느낄 수 있었다.

더 이상 '천부'를 믿지 않는 시대. 오늘날 우리는 샤먼의 존재를 쉽게 부정해버릴지도 모른다. 하지만 샤먼은 배우라는 호칭으로 우리에게 가까이하고 있다. 그들은 무대 위에서 빙의하며 우리가 서 있는 세계와는 다른 이세계를 만들어 우리에게 선사한다. 그리고 우리는 매일 그들의 권능을 목격하고, 그 세계에 동화하며 감탄하게 된다. 그들은 현실과 비현실을 넘나들며 우리가 직접 마주할 수 없는 존재들을 자신의 몸을 통해 우리 앞에 불러낸다. 우리는 그들을 통해 직접 마주하기 어려운 타인의 삶에 접속한다. 그들은 배우라는 이름으로 우리 앞에 서 있지만 사실 이세계를 구축하는 '전지전능한' 예술적 샤먼으로서 우리 앞에 있는 것이다.

배우 김지훈 또한 그 예술적 샤먼 중 한 사람이다. 무대와 스크린이라는 현실에 서서 비현실의 이야기로 들어가 다른 이의 영혼에 빙의한다. 그리고 무대 위에서 혹은 스크린 안에서 우리의 웃음을 끌어내기도 하고, 어떤 순간엔 우리의 숨을 멎게 만든다. 그 순간, 우리는 그의 권능과 마주하게 된다. 웃음도, 침묵도, 모두가 그의 무대 위에서 펼친 권능의 산물이다.

예술적 샤먼으로서의 김지훈. 그의 권능은 앞으로도 무대를 넘나들며 끝없는 새로운 세계를 창조할 것이다. 그리고 나는 그의 권능을 목도한 한 사람으로서, 앞으로 구축될 그의 또 다른 이세계를 응원하고 싶다.

"어쩐지 쿠로이 저택은 진짜로
어딘가에 존재할 것만 같은 느낌이 들었어요."
_ 배우 한보라, 이아름솔

천희진

천희진 인터뷰어
대학로 뮤지컬을 향한 집요한 관심으로 극작과 연구를 병행하고 있는 14년차 연뮤덕이다. 예술과 사랑, 죽음과 생명력의 이야기를 향유하고 기록한다. 현재 고전 문학 작품을 재해석한 창작 뮤지컬을 집필하고 있다.

한보라 인터뷰이
뛰어난 가창력과 섬세한 캐릭터 연기로, 장르를 넘나들며 천의 얼굴을 보여주는 '멀티캐 장인'. 대표작으로는 뮤지컬 〈난쟁이들〉 백설공주, 〈여신님이 보고 계셔〉 여신, 〈라이카〉 캐롤라인·로케보트 역, 음악극 〈태일〉 태일 외 목소리 역 등이 있다.

이아름솔 인터뷰이
탄탄한 앙상블 경험을 바탕으로 뛰어난 성량과 연기력을 입증하며 대학로와 대극장을 넘나드는 대세 배우. 대표작으로는 뮤지컬 〈하데스타운〉 운명의 여신, 〈홍련〉 바리, 〈스윙데이즈_암호명 A〉 베로니카 역, 음악극 〈섬:1933~2019〉 무안댁 역 등이 있다.

"어쩐지 쿠로이 저택은 진짜로
어딘가에 존재할 것만 같은 느낌이 들었어요."

배우 한보라, 이아름솔

천희진

한국 뮤지컬계에서 배우는 단순한 연기자 이상의 존재다. 하나의 배역에 여러 명의 배우를 캐스팅하여 회차를 나누는 '멀티캐스팅' 구조 때문이다. 이는 배우마다 각기 다른 해석과 표현으로 캐릭터의 색깔을 다채롭게 만들며, 배우별 다른 디테일을 띤 캐릭터를 조합하는 것으로 관객에게 매 회차 새로운 경험을 제공할 수 있다. 이것이 하나의 작품을 반복 관람하는 '회전 관극'을 유도하고 이를 통해 마니아 관객을 양성한다. 회전하는 과정에서 관객은 취향과 작품에 부합하는 노선을 가진 배우의 팬이 되기도 한다. 이러한 마니아 관객의 회전 관극은 특히 소극장 위주의 대학로 뮤지컬에서 흥행의 실마리다.

한편, 재관람 도장판을 채워 대본집이나 실황 OST CD를 받기 위해 회전을 돈 관객이자, 뮤지컬 작가를 지망하는 창작자로서는 이 같은 현상에 복잡한 감정이 들기도 한다. 결국 얼마나 좋은 대본을 썼느냐보다 어떤 배우를 썼느냐가 더 중요하다면, 작가는 무엇을 명목 삼아 대본의 완성도에 집착해야 하는 걸까? 이런 치기 어린 회의는 의외로, 〈쿠로이〉를 매개로 한 두 배우와의 대화를 통해 거둘 수 있었다.

약간의 긴장과 선망을 안고, 2021년 〈쿠로이〉의 트라이아웃부터 '가네코/아기 귀신' 역으로 참여한 배우 한보라와 이아름솔을 만났다. 무려 4년 전 추억을 소환하기 위해 머리를 맞댄 두 배우는 〈쿠로이〉 외에 함께한 작품이 전무후무하기에 가장 먼저 그들의 첫 만남을 묻지 않을 수 없었다. 이아름솔은 "언니(한보라)가 대학로 '캐스팅 디렉터'"라고 익살스럽게 운을 뗐다.

2018년 뮤지컬 〈마리 퀴리〉 트라이아웃 공연. 그때는 객석을 빛냈던 한보라는 무대에서 뛰어난 가창력을 선보인 이아름솔을 음악극 〈섬:1933~2019〉 비공개 오디션에 추천했고, 그 기회를 실력으로 붙잡은 이아름솔은 '무안댁' 역으로 분해 관객들의 호평을 받았다. 이렇듯 특별한 계기 때문일까. 특유의 밝고 긍정적인 에너지를 가진 한보라와, 섬세하고 어딘가 신비로운 분위기를 지닌 이아름솔에게서는 대화 내내 서로를 향한 애정과 신뢰가 엿보였다.

〈쿠로이〉는 일제강점기를 배경으로 한 코믹극이라는 것부터 쉽지 않은 키워드를 자랑한다. '옥희'와 '해웅' 외 모두가 1인 다역을 연기하는 것도 그에 한몫한다. 특히 두 배우가 만들게 된 가네코와 아기 귀신은 연령대며 이미지, 간직한 사연까지 모두 상반된 인물이다. 가네코는 쿠로이 저택을 개조해 호텔을 지으려는 사업가로서 등장하지만, 나중에 밝혀지는 그의 정체는 비밀스런 임무를 띤 독립군이다. 똑똑하고 야무진 아기 귀신은 길에서 굶어 죽어 식탐 많은 원귀가 되었다. 〈쿠로이〉를 처음 본 관객은 이 두 인물이 1인 2역이었다는 사실을 미처 깨닫지 못하고 커튼콜을 볼 정도다.

> "(캐릭터가) 정말 상반된 캐릭터일 경우 오히려 만들어가기가 편하고, 비슷한 듯 다른 게 제일 어려운 것 같아요. 작가님이 써 주신 캐릭터가 분명할수록 연기하기가 더 편하더라고요." (한보라)

인물 간의 상호작용이 촘촘히 이루어지는 무대를 바삐 오가며 극과 극인 캐릭터로 전환해야 했던 데에 어려움을 염려했지만, 한보라와 이아름솔 모두 〈쿠로이〉처럼 명확하고 직관적으로 구성된 다역은 오히려 어려움이 덜하다고 입을 모았다. 그 자체로도 양면성을 지닌 가네코와 아기답지 않은 아기의 조합에 분명한 대비를 준 표상아 작가의 역량이 여기에서 빛났다. 작가를 비롯한 창작진들이 연습실에 상주하며, 배우의 캐릭터 구축 과정을 돕고 맞춰가는 과정도 작업을 수월하게 풀어가는 데에 크게 일조했다.

> "직관적인 표현을 위해서는 목소리의 변화가 가장 단순하고 명확한 선택이라고 생각했어요. 두 인물의 각각 다른 전사를 생각하며 만들어가다 보니 자연스럽게 격차가 만들어진 것 같아요." (이아름솔)

두 배우에 따르면 코믹극에서는 굵직한 특징들을 살려 연기하는 것이 요령이다. 지나치게 세밀한 상상과 묘사는 오히려 무대에서 표현할 수 있는 것들의 한계를 만들기 때문이다. 가령 아기 귀신은 아기들이 나오는 유튜브 영상을 보며 말투와 제스처, 걸음걸이 등을 연구했다. 이아름솔이 연기한 아기 귀신의 경우 신생아의 행동양상인 엄지손가락 빨기 등으로 나타나기도 했다.

친일파로 위장한 독립운동가라는 양면적인 포지션의 가네코는 김동연 연출로부터 일부러 톤도 높고, 호들갑스럽고, 모든 행동이 과장되어 보이도록 주문받았다. 가네코가 처음 등장할 때 하는 모든 연기는 '이 사람의 행동이 연기여야 한다'는 것이 포인트다. 창작 작품에 참여하는 한보라는 창작진에게 종종 "이 대본이 드라마나 영화라면 어떤 배우 분을 생각하고 계세요?"라고 물어 캐릭터의 분위기를 잡는 데에 도움을 얻는다고 했다. 차라리 섹시하게, 아니면 되게 푼수처럼. 캐릭터의 캐릭터 같은 면모를 부풀려 만든 친일파 가네코로 1장을 열면, 가네코의 본모습이 밝혀진 다음부터는 배우가 가진 본래 톤으로 연기해도 갭 차이가 확연해진다는 것이다.

> "모든 해답은 대본 속에 있는 것 같아요. '캐릭터가 왜 이런 선택을 했을까', 궁금증을 갖고 대본 속을 들여다 봐요. 다른 인물들과 대화를 나눌 때, 독백으로 자신의 생각을 말할 때, 지문에 표현된 캐릭터의 생각과 상태가 행동으로 나타날 때 등 모든 게 캐릭터성을 도출하는 단서죠. 그걸 하나씩 쌓다보면 캐릭터가 확장될 수 있는 것 같아요." (이아름솔)

굵직한 사건과 정서들로 얼개를 세우고, 그것이 체화되어 무대에서 자연스럽게 나타나는 것. 이아름솔이 생각하는 좋은 연기에 대한 견해에는 창작진에 대한 신뢰와, 나아가 좋은 대본의 중요성이 피력되어 있다. 배우가 캐릭터라는 배를 모는 선장이라면, 대본은 나아갈 길을 알려주는 지도이자 등대다. '이 호텔이 모든 계획의 완성이에요!' 2번 넘버 중간에 나오는 가네코의 대사는 〈쿠로이〉 전체를 통틀어 가네코라는 캐릭터를 설명하는 한 줄이다. 대본이 인도한 대로 배우와 연출은 이 한 줄에 모든 에너지를 실어 관객에게 전달했다.

한 회 공연을 마치면 이너까지 흠뻑 젖을 정도로 땀을 흘렸다는 두 초연 배우의 노고는 코로나 시기임에도 마스크를 뚫고 나오는 관객들의 열기와 박수로 보답받았다. 뿐만 아니라 이들의 가네코와 아기 귀신은 <쿠로이>의 첫 관객들에게 가네코, 아기 귀신 그 자체로 남게 되었다. 이후 참여하는 배우 또한 저마다의 가네코, 아기 귀신을 만들어 냈지만, 초연에 조색된 캐릭터의 색깔이 그들 스펙트럼의 시작점이 되었음은 자명하다.

"오랜 시간 어렵고 두려웠던 연기가 이제는 조금 편해졌고, 지금은 초연 작품이 너무나 반가워요. 제가 만들어가는 캐릭터의 색깔이 상징적인 무언가가 되는 느낌이에요." (한보라)

성악과를 나와 뮤지컬 배우가 된 한보라는 꽤 오랜 시간 연기가 무서웠다고 고백했다. 창작 초연은 두말할 것도 없다. 농담 삼아 사람들에게 "난 잘된 극 재연만 하고 싶어"라고 말하기도 했다는 그는, 공연 경험이 쌓이며 점차 연기를 좋아하게 되었고 더는 무섭지 않은 순간도 맞았다. 아직은 활자라는 평면에 갇힌 캐릭터를 3차원의 무대에 불러일으키는 주체이자, 처음 만나는 캐릭터의 '바이블'이 될 준비가 된 것이다. 초연이기에 잘 해내야 한다는 부담감, 작품이 잘 돼야 모두의 노력이 보상받을 수 있다는 중압감을 밝힌 이아름솔도 그 쾌감에 대해서는 고개를 끄덕였다.

2021년부터 2025년까지, 〈쿠로이〉는 총 세 번의 재연을 거듭했고, 배우 한보라와 이아름솔의 출연 작품 목록에도 많은 작품이 쌓여왔다. 2023년 재연까지 가네코/아기 귀신 역을 맡은 한보라는 비로소 여유를 가지고 작품의 장면과 가사의 섬세한 부분들을 즐길 수 있게 되었다고 한다. 더블캐스트로서 서로 등을 맡기고 고군분투했던 기억을 나눈 두 사람은 어느덧 데뷔한 지 18년, 11년째를 맞이한 프로다. 그런 그들에게 후배 배우, 혹은 배우 지망생에게 해주고 싶은 조언이 있는지 묻자, 두 배우 모두 조심스럽게 그들과 똑같이 관객들에게 선택 받아야 하는 입장에서 얘기해주고 싶다고 했다.

"배우들끼리 자주 하는 이야기가 있어요. 배우는 포기하지 않고 '버티는 것'이다. 계속 발전하기 위해 노력하는 것. 그리고 '자기 객관화'도 아주 중요한 것 같아요." (한보라)

연기뿐만 아니라 모든 예술에 뛰어드는 사람은 막연한 사랑과 불확실한 확신을 동력으로 물장구를 친다. 하지만 모두가 알다시피 부딪힐 현실의 암초가 높고 많은 일이다. 예술은 나의 전부를 걸고, 나를 전혀 모르는 대중에게 벌이는 인정

투쟁이다. 그렇기에 '버티는 것'만큼 자기객관화도 중요하다. 자신의 실력을 끊임없이 의심하고 검증받는 것. 이아름솔은 그 검증의 자리에 오디션을 들었다. 기회를 하나씩 뚫고 붙잡으며 나아가다 보면, 언젠가는 톱니바퀴 맞물리듯 희망한 자신과 맞아들어가는 순간을 맞이할 수 있을 거라고 그는 확신했다.

예술가는 자신을 잊기 쉬운 사람들이다. 앞서나가는 동료의 등에 시선을 빼앗기고, 무관심한 대중의 반응에 용기를 잃기도 한다. 예술가의 일이란 남들의 취미라서 이 일의 가치를 알아주는 건 자기 자신뿐이나, 남의 인정을 받지 못하면 일도 한낱 취미가 되어버린다. 나를 잊지 않는다는 건 내가 사랑하는 것을, 내가 머무르고 싶은 곳을 잊지 않는다는 것이 아닐까. 옥희가 아저씨의 풍금이 있는 저택을 떠나지 못하고, 가네코가 조선의 마음을 잊지 않은 것처럼.

밝고 적극적인 에너지를 가진 한보라와 섬세하고 신비로운 분위기를 지닌 이아름솔은 이야기를 나누는 내내 뮤지컬 〈브론테〉의 '샬럿'과 '에밀리'를 떠오르게 했다. 가볍게 질문했던 '같극타캐(같은 극의 다른 캐릭터)' 희망 작품으로 이아름솔이 〈브론테〉를 꼽으며, 한보라의 '언니美'를 이야기할 땐 긴장도 잊고 마구 공감을 표했다.

인터뷰를 준비하는 과정에서, 당시 한보라가 '여신'을 연기한 뮤지컬 〈여신님이 보고 계셔〉와 이아름솔이 '베로니카'로 참여한 〈스윙 데이즈: 암호명 A〉를 관람하고 편지를 전달했다. 뮤지컬을 꽤 오래 봐왔다고 할 수 있지만 팬레터를 써본 건 이번이 처음이었다. 누군가의 '팬'이 되는 일의 이 감미로운 기분이 앞으로도 한보라와 이아름솔을 만나는 관객들에게 꾸준히 전해지기를. 이 지면을 통해 소망해 본다.

"안녕, 난 될 일이야!"
_ 배우 홍나현

최예림

최예림 인터뷰어
글로벌콘텐츠랩 〈한 사람〉 편집위원과 중앙대학교 대학원신문사 편집장을 지냈다. 현재는 교보교육재단에서 근무하며 문화예술 사업을 담당하고 있다. 중앙대학교에서 〈서사적 공간 설정과 창작방법론〉 논문으로 석사학위를 받았으며, 소설 작업을 계속 이어가고 있다.

홍나현 인터뷰이
배우 홍나현은 2016년 연극 무대로 데뷔한 후, 뮤지컬과 연극, 드라마, 영화 등 장르와 매체를 넘나들며 자신만의 연기 세계를 넓혀가고 있다. 뮤지컬 〈차미〉, 〈비틀쥬스〉 등에서 강한 존재감을 드러냈고, 〈쿠로이〉에서는 옥희를 입체적으로 그려내며 관객을 몰입시켰다. 조금씩, 그러나 분명하게 관객들의 마음속에 자리를 잡아가는 배우다.

"안녕, 난 될 일이야!"
배우 홍나현

최예림

　대부분의 연극은 문이 닫히면 시작된다. 관객 입장이 끝나고 문이 닫힐 때, 우리는 공연이 시작된다고 믿는다. 그러나 〈쿠로이〉에서는 한 번 더 문이 닫혀야 한다. 해웅이 저택으로 들어오고 오래된 나무문이 닫혔을 때, 비로소 이야기가 시작되기 때문이다. 옥희 역을 맡은 배우 홍나현은 쿠로이 저택의 문이 닫히고 등장한다. 그리고 모두를 꼼짝 못 하게 만든다. 해웅뿐만 아니라 관객들의 집중력까지도. 모두 다른 곳으로 빠져나가지 않게 문을 단단히 잠가버린다.

　한 번 들어오면 쉽게 빠져나갈 수 없는 쿠로이 저택은 여러 사람의 염원이 응축된 공간이다. 성불하고자 하는 귀신들의 염원, 형을 찾으려는 해웅의 염원, 호텔을 완공해 일본 고위직들을 처단하려는 가네코의 염원, 그리고 완벽한 무대를 만들려는 배우와 제작진들의 염원까지도 모두 담겼다. 그렇기에 관객에게도 오랜 여운을 남기는 작품이다. 여러 차례 공연되며 그 염원들도 조금씩 쌓인 게 아니었을까.

"완전 바닥조차 없던 초연 때는 옥희가 귀신이라는 것에 원초적으로 접근을 했어요. 그래서 공포 영화를 많이 찾아보면서 기괴하게, 정말 귀신처럼 연기를 하려고 했어요. 그런데 점점 연기를 하면서 옥희에게 귀여움을 부여하고, 옥희를 더 매력적인 캐릭터로 만들어간 것 같아요."

처음의 순간에는 언제나 진심이 담긴다. 아직 무엇이든지 될 수 있으니, 어떤 마음이든지 꾹꾹 눌러 담을 수 있을 것이다. 물론 처음의 불확실함은 많은 불안과 실패를 안겨주기도 한다. 그러나 그 속에서 길을 잃지 않으려 최선을 다하면 결국 처음을 하나의 단단한 디딤돌로 쓸 수 있게 된다. 홍나현은 진심을 다한 그 처음의 순간을 발판 삼아 계속 나아가는 중이다.

"창작극은 제작진과 배우까지 모든 이들이 바닥부터 차곡차곡 함께 해나가야 하는데, 아직 완성되지 않은 작품을 위해 머리를 맞대어 만들어가는 과정이 좋아요. 무너지지 않게 내진 공사부터 한다고 생각해요. 혼자가 아니라 모두와 함께 만들어가는 일. 그 처음의 순간들이 즐거워서 초연을 좋아해요."

〈쿠로이〉는 라이선스가 있는 작품이 아닌 창작극이다. 빔 프로젝터를 활용한 무대 연출까지 들어가야 하기에 공연을 보는 내내 설계부터 쉽지 않았을 것이라는 생각을 했다. 그러나 창작극 준비 과정을 '내진 공사'에 비유하며 처음이 즐겁다는 그의 이야기를 듣자 생각이 또 달라졌다. 홍나현은 그 누구보다 진심으로, 무대가 튼튼하게 쌓아 올려지길 바라는 마음으로 함께 만들어가는 것을 귀하게 여기는 사람이었다. 그는 무대 위에서도, 아래에서도 단단한 사람이었다. 처음과 시작에 대해 이야기할 때마다 느낄 수 있었다. 그는 바람이 불어도 굳건한 콘크리트 벽처럼, 전혀 휘청이지 않을 사람이다.

초연 당시를 떠올리며 그는 '나만 잘하면 된다'라는 생각에 무척 긴장했고, 완벽하게 잘하고자 욕심을 가졌다고 했다. 직전에 엎어진 작품도 있었으니, 누구나 욕심을 냈을 상황이었다. 그러나 그는 공연 횟수가 더해질수록 자연스레 욕심을 버렸다. 욕심을 비웠더니 감정과 연기에 더욱 집중할 수 있었다. 몸이 익숙해질수록 익숙지 않은 감정이 오히려 나오는 느낌이었다고 했다. 그런 순간 순간에 대해 이야기하는 그는 자신이 익숙한 것들에 대해, 그리고 자신에 대해 어떤 막연한 믿음이 있는 사람처럼 보였다.

"제가 좋아하는 대사가 있어요. 안 될 일이었구나, 하는 옥희에게 해웅이 하는 말인데요.

될 일이 들으면 되게 서운한 말이래.
될 일이 이러고 있는 우릴 보면 이렇게 말할 거래.
안녕, 난 될 일이야!

나에게 초점을 두는 게 아니라, 그래 안 될 일이 어디 있겠어. 그냥 이렇게 생각하게 되는 것 같아서. 그래서 이 대사가 좋아요. 실제로 무언가를 시작할 때 그런 식으로 생각하기도 해서요."

도전하는 것, 실패를 겪는 것, 누군가와 함께하는 것, 열정을 가지는 것이 익숙하다는 말을 들으며, '나였다면'이라는 가정을 여러 번 했다. 그리고 결국 나였으면 그러지 못했을 거란 말을 몇 번이나 했다. 삶에서 마주할 수밖에 없는 처음의 순간들을 자연스레 받아들이기란 절대 쉬운 일이 아니다. 저런 것들에 익숙해졌다고 하면 누군가는 인생을 달관했다고 말할지도 모르겠다. 그러나 그의 이야기를 듣다 보면, 익숙해졌을 때 더욱 빛나는 것들이 있었다. 그는 처음을 마주하는 것에 익숙했다. 그리하여 더 담담하게 나아가는 사람이었다. 이야기를 가만히 듣다 보니, 삶의 태도를 논하는 강연을 듣는 기분이었다. 어떻게 하면 인생 2회차를 사는 듯한 태도로 삶을 살아갈 수 있는 것인지 궁금했다. 작품에 대해 심도 있는 질문을 하리라 생각했을 텐데, 나는 그의 삶에 대한 태도와 그 계기를 물었다.

> "대학 입시 준비를 하면서 '나는 성실히 살지만, 결과는 나의 영역이 아니다'라고 생각했어요. 그리곤 인생이 욕심만으로 되는 것은 아니라는 사실을 그냥, 받아들였던 것 같아요. 가장 스트레스를 많이 받는 고3 입시를 맞이하면서 삶의 태도를 바꿨죠. 어떠한 시작에도 흔들리지 않도록."

그런 다음, 그는 자신을 객관적으로 바라봤다. 지금은 그 누구보다 여러 배역들을 해내는 배우지만, 고등학생 당시에는 연극영화과 입시에 좋은 신체 조건은 아니라는 생각이 가장 먼저 들었다고 했다. 그래서 빠르게 다른 방법을 모색했다. 원하는 대학에 가려면 공부를 해야겠다는 생각이 들었고, 그걸 실천했다. 밤을 새워서 교과서를 달달 외웠다. 배우를 하고 싶다는 열정, 목표에 도전하고자 하는 마음으로 '빙의'한 것처럼 교과서를 외웠다. 그 이후로 그에게 '안될 일'은 딱히 없었다. 있다 하더라도 이제는 더 이상 크게 개의치 않는다고 했다. 어떤 일에 미련을 갖거나, 후회하지 않는 성격으로 스스로를 만든 것이었다.

그래서일까, 웃으며 자신의 이야기를 하는 그는 당당하고도 명랑한 〈쿠로이〉의 옥희와 닮아 보였다. 성불을 위해 노력하는 옥희와 연기를 위해 최선을 다하는 홍나현은 과정에 집중하고 당차게 해내는, 작지만 단단한 사람들이었다.

그는 〈쿠로이〉 이전까지 수많은 문을 두드렸다. 늘 하던 것처럼 성실히 오디션을 보고, 떨어지고, 다시 수많은 문을 닫고 나왔다. 그리고 그에 따른 결과를 익숙하게 받아들이는 사람이었다. 오디션의 지박령이었다고 해도, 그렇게 초연하게 굴지는 못했을 것 같았다. 그렇게 쌓인 익숙함을 그는 오히려 한 발 더 나아갈 수 있는 원동력으로 여겼고, 또 다른 낯선 순간들을 마주할 수 있는 용기로 만들어갔다. 그는 〈쿠로이〉가 있어서 제대로 된 시작을 할 수 있었다고 했지만, 인생 2회차를 경험한 듯한 단단한 마음으로 한 걸음씩 차분하게 걸음을 옮겼으니 어쩌면 지금의 인기가 자연스러운 것이라 생각되었다. 영화의 단역, 연극과 뮤지컬, 그리고 최근 방영한 드라마 〈언젠가는 슬기로울 전공의생활〉까지. 막연한 믿음으로 그는 대중과 만날 수 있는 기회를 계속해서 만들어가고 있었다.

그의 단단함이 결코 쉽게 생긴 것은 아니었을 것이다. 넘버 〈막연한 믿음 1〉 속 대사 같은 순간이 그의 삶에도 있었을 것이다. 처음부터 일찍 철이 들거나, 매사에 담담한 사람은 없다. 그러니까 처음부터 처음에 익숙한 사람은 없다. 그는 상황과 감정에 자신이 흔들리지 않게 스스로를 잘 쌓아 올린 사람이었다. 그냥 막연한 믿음으로, 자신이 가는 길이 된다는 확신으로.

그의 인생에 대해 한참을 이야기해 놓고서, 마지막으로 어떤 배우가 되고 싶은지를 물었다. 어떤 작품을 하고 싶다거나, 상을 받고 싶다거나. 하는 답변을 예상하고 준비한 질문이었다. 그러나 그는 그저 사람들에게 기억되길 바랐다. 이런저런 일들로 나쁜 경우로만 기억되지 않는다면 좋을 것 같다고 했다. 자신을 기억해 준다는 것. 그 자체를 매우 고마운 일로 여겼다.

"딱히 어떻게 기억됐으면 좋겠다기보다도. 그냥 기억되면 너무 좋겠다고 생각해요. 오래오래. 기억되면 참 좋겠어요."

그 말에 진심이 느껴졌다. 더 큰 야망이나 목표가 있으리라 생각했는데, 오히려 꽤 현실적인 이야기였다. 우리는 어떻게 누군가를 기억할까. 한두 번 마주치고, 그러다 익숙해지면 그 다음 어떤 사람을 선명하게 떠올릴 수 있게 된다. 그러나 홍나현에게 '기억한다'는 것은 단순히 익숙해진 것을 넘어서 애정이 생겼다는 의미였다.

인터뷰를 끝내고 나는 혼자 자리에 앉아서 그의 명랑하면서 단호한 말투, 내진 공사를 한 것처럼 쉽게 흔들리지 않을 단단한 마음을 떠올렸다. 무대 밖에서의 홍나현은 크고 작은 흔들림에도 굳건한 마음과 진심을 가진 사람이었다. 그러니 숱한 처음의 순간들을 견디고, 즐기고 더 나아가는 사람이 될 수 있지 않았을까. 그런 그가 많은 사람들의 기억 속에 단단히, 기억되기를 바란다.

"다 할 수 있어요. 전 그렇게 생각해요."
_ 배우 황두현

홍다원

홍다원 인터뷰어
청소년 시절 인터넷 소설과 팬픽을 집필해 텍스트 파일을 블로그 및 주위 오프라인에 배포하는 것으로 창작 활동을 시작했다. 대학에서 소설을, 대학원에서 콘텐츠를 전공하면서 문학과 대중예술의 상호호환에 관한 남다른 애정을 키워가고 있다. 현재 소설 원작 드라마의 내러티브 구조를 연구하며 미스터리 추리 소설과 드라마 대본 집필에 열중하고 있다.

황두현 인터뷰이
2013년 연극 〈인간대포쇼〉 이진 역으로 데뷔한, 13년 차 배우. 뮤지컬은 2016년 〈에드거 앨런 포〉 앙상블로 시작해 현재까지 이어오고 있으며, 대표작으로는 뮤지컬 〈드라이 플라워〉, 〈등등곡〉, 연극 〈보도지침〉 등이 있다. 현재 뮤지컬 〈머피〉에서 서장원 역을 맡아 공연 중이다. 2021년 뮤지컬 〈쿠로이〉 트라이아웃과 초연에서 노다, 장군귀신, 현장소장 역을 맡아 연기했다.

"다 할 수 있어요. 전 그렇게 생각해요."
배우 황두현

홍다원

대극장 뮤지컬을 주로 참여 해오던 배우 황두현에게 2020년 겨울의 어느 날 한 통의 연락이 왔다. 창작극 초연이고 이런 역할이 있는데 연기 영상을 보내줄 수 있냐고. 발신인은 〈쿠로이〉의 제작사 '랑 컴퍼니'였다. 그는 때마침 전작 〈펀홈〉을 끝내고 재정비하고 있던 차였다. 과거 〈젠틀맨스 가이드〉 초연을 함께해 인연을 쌓은 김동연 연출의 추천과 함께 '시켜 주신다고 하니까' 그 믿음에 힘입어, 그는 큰 고민하지 않고 흔쾌히 '쿠로이 저택'으로의 초대에 응했다. 〈쿠로이〉와의 동행을 시작으로 황두현의 대학로 공연 생활이 시작된 것이다.

"딱히 그때는 힘들다는 생각은 전혀 안 했고요. 이 극을 만드는 데 있어서 필요하니까 당연히 (해야지 생각하고) 하다 보니 1인 3역이 된 거고…. 다들 1인 3

역처럼 하고 있어서. 따로 제가 '좀 힘드네?' 생각했던 적은 없었어요."

〈쿠로이〉에서 그는 세 가지 각기 다른 얼굴과 행색을 하고서 저마다의 목표를 위해 '쿠로이 저택' 안팎을 헤집고 다닌다. 독립군 박해영과 똑 닮은 박해웅을 체포하기 위해 혈안인 일본 경찰 '노다', 툭하면 '그럼 죽어야지!'라며 저택과 조국의 침입자를 향해 칼을 빼 드는 '장군 귀신', 그리고 저택을 호텔로 개조하기 위해 사업가 가네코, 중개업자 요시다와 함께 다니는 '현장소장' 역까지. 1인 3연을 다른 캐스트 없이 원 캐스트로 이 모든 배역을 혼자 소화했다. 공연을 보는 입장에서도 힘이 들었을 것 같아 본체인 황두현과 만나 이에 대한 소감을 물었을 때, 그는 힘들다는 생각 없이 믿고 맡겨주신 만큼 잘 해내야겠다는 생각으로 최선을 다했을 뿐이라 답했다.

"'성실하게 열심히 하는 사람이 결국에는 언젠가는 그 가치를 인정받는다.' 변함이 없는 것 같아요. 잘 하려고 함을 꾸준하게 유지하는 사람들이 마지막에 인정을 받는 것 같아요."

자신의 가치를 인정받기 위해, '잘 하려고 함'을 유지하기 위해, 그는 성실하게 열심히 맡는 역할마다 최선을 다한다. 그러는 와중에도 그는 주어진 것에만 안주하지 않고 극의 과정과 흐름에 맞춰 이것저것 대본에는 쓰여있지 않은 새로운 무언가를 시도해 보고 지문과 지문, 대사와 대사 사이의 디테일을 창조해 내는 것에 주저함이 없었다.

'왜 잔을 지금 부딪쳐야 하는 거야?', '난 여기서 취해 있을 건데?'라며 반항아적인 의견을 피력하는 그의 '티 냄'에 대해 대극장 공연을 하던 시절 앙상블 선배와 동료들로부터 이상한 애, 특이한 친구라는 말을 들었고 '너는 대학로 가야 되겠다.', '대학로 가면 잘하겠다'라는 추천 아닌 추천을 듣기도 했다고 한다.

"재미가 없잖아요. 정해진 대로 하라고 하면."

정해진 것에 자신의 아이디어를 첨가해 극의 새로운 매력을 끌어내는 것. 그의 적극적인 참여에서 비롯된 재미는 황두현 자신에게 창작 초연을 하는 과정에 대한 즐거움을 느끼게 해주었고, 이는 그가 대학로 공연계에 입성한 후 여러 작품을 통해 관객에게도 긍정적으로 통하고 있다.

그간 다수의 창작 초연에 참여했고 여전히 진행 중인 것에 대해 그는 본인이 의도한 것이 아니며 창작진들이 황두현이라는 배우를 불러주시니 참여했을 뿐이라 말했다. 하지만 나는 짐작할 수 있었다. 황두현은 하나의 작품에 참여하는 데 있어 매사 성실하게 임했고 결과 역시 좋았기에 작품 활동을 꾸준히 채울 수 있는 배우가 된 것이라고. 그는 요행을 바라는 배우가 아니다.

황두현의 성실함은 데뷔 이래로 공백 없이 빼곡한 그의 필모그래피가 증명해주고 있다. 2021년 〈쿠로이〉 트라이아웃과 초연을 시작으로 〈풍월주〉, 〈에곤 실레〉, 〈드라이 플라워〉, 〈등등곡〉, 〈선천적 얼간이들〉 등 연평균 네 작품 이상의 뮤지컬 공연에 참여해 다작 행보를 이어가고 있다. 뮤지컬뿐만 아니라, 작년부터는 10년 만에 연극도 올렸다. 서로 다른 캐릭터가 공존했을 그의 머릿속에서는 이 또한 1인 N역이었던 셈이다.

배우로서의 시간이 N분의 1로 쪼개어지는 만큼 소비될 체력적인 노고에 관해 물었을 때 그는 거뜬하게 말했다. 오히려 체력보다는 각각의 작품마다 거쳐야 하는 일정이나 연습이 겹치는 일이 생기다 보니, 그때마다 양해를 구해야 할 일이 많아 죄송스러운 마음이 크다고.

"체력적으로 무리가 되지 않아요. 다 할 수 있어요. 전 그렇게 생각해요."

체력만큼이나 정신적으로도 완강한 그의 성실함에 나는 한 번에 여러 작업을 동시에 진행하게 되어 곤란하고 고단해 '힘들다'는 말을 밥 먹듯 했던 지난날들을 돌아보며 반성하며 그에게서 성실한 건강함을 배우고 싶었다. 그리고 나는 그 비결이 운동, 특히 복싱인 것을 SNS를 통해 알 수 있었다. 황두현은 배우로서 미성의 목소리와 섬세한 감정 연기로 무대 위에 오르지만, 무대에서 내려온 사람 황두현은 글러브를 손에 끼고 스파링대 위에 오른다. 여가 시간의 대부분을 복싱으로 채우는 것 같아 그 운동의 목적에 대해 묻자, 스트레스 해소나 체력 증진, 몸매를 관리하는 채원도 있지만 무엇보다 정신적인 극복이 제일 크다고 그는 답했다.

"한 템포씩, 한 스텝씩 힘들어도 이겨낸다는 과정이 있거든요. 복싱을 하시면 아시는데, 진짜 그 3분이 참 힘든데 3분 넘어가면 또 그다음 3분을 하고, 해나가는 과정이.. 힘들어도 결국 하거든요. 그게 진짜 배우의 멘탈에 있어 정말 도움이 많이 돼요."

무명하면 일이 없어서 힘들고 유명하면 일이 많아서 힘들다. 작품이 하고 싶은데 일이 없던 시기의 황두현은 복싱장으로 가 '할 수 있어'를 되뇌며 무명의 1라운드를 인내하며 이겨냈다. 버텨내고 나니 해야 할 작품이 많아져 힘든 또 다른 라운드가 시작되었고, '나도 할 수 있어. 기회가 온다면 잘 해낼 거야'라고 다짐했었던 이전 라운드의 다짐을 떠올리며 유명의 2라운드를 이겨냈다. 다음 라운드는 어떤 경기가 될지 누구도 확언할 수 없다. 하지만 그는 "나한테 주어진 것이고, 내가 선택한 거니까, 그 정도는 해내야죠."라는 마음가짐으로 스스로에게 코치가 되어 그의 앞에 닥친 '3분'을 이겨낼 것이고, 앞으로도 계속 승리할 것이다.

"내가 어떤 연기를 하든 노래를 하든, 내가 만들어 온 서사를 창작진이나 관객들이 잘 이해해 줬다면, 그럼 전 잘했다고 생각하거든요."

황두현에게 원동력은 동료 배우와 연출진을 포함한 창작진과 관객들의 인정이다. '내가 원하는 바였어'라며 연기자의 의도를 알아봐 주고, 공연이 끝났을 때 들리는 박수 소리, '잘했다', '잘 한다'라는 말을 들을 때 스스로 해냈다는 뿌듯함이 들고 그 말을 듣고 싶어서 작품 활동을 이어간다고 그는 말한다.

다만 그가 말하는 '잘 한다'는 특정 어느 한 장면만을 잘하는 것이 아니다. 극의 처음부터 마지막까지 장면과 장면이 연결되어 전반적으로 이어져 오는 감정선과 작품의 흐름, 등장인물의 변화를 보여주고 싶다고. 그리고 그런 배우의 의도대로 잘 파악하는 이들의 식견이 그의 원동력이 되는 것이다.

"랑 컴퍼니도 그렇고 〈쿠로이〉라는 작품도 그렇고, 초재연 멤버들도 그렇고,

큰댁 같아요. 친척 같고. (…) 보면 믿음이 생겨요. 이들과 함께라면 뭐든 하겠구나, 하고."

〈쿠로이〉 참여 후 3~4년이 지난 지금, 그에게 〈쿠로이〉는 '함께'라는 소중함을 깨닫게 해주었다. 이전까지는 '나'가 더 중요했다. 하나의 작품 안에서 폐 끼치지 않고 잘 해내야 하는 '나'가 다른 누구와의 관계보다 중요하던 그는 이 작품을 거치면서 같이 하는 이 팀 사람들이 중요하다. 좋은 사람들이 모여있는 게 굉장히 소중한 거고, 창작할 때는 이런 좋은 사람들과 함께해야 한다는 걸 깨달았다고 말했다. 누군가의 믿음으로 〈쿠로이〉로 들어온 그에게 전에 없던 믿음이 생긴 것이다.

그는 대극장 시절을 회고하며 당시 자신은 연기나 노래하는 톤이 한쪽으로 치우쳐진 '뾰족한 배우'였기 때문이라고 말했다. 그렇기에 선행된 것이 재연작보다는 시작부터 새롭게 만들어갈 수 있는 초연작에 더 선택받은 것이라고. 모난 부분을 둥그렇게 다듬는 것도, 무에서 유를 창조해 내는 것도 힘들지만, 여러 힘든 상황에서도 힘들어하지 않는 그가 '노다'와 '장군 귀신', '현장소장'을 창조해 내 준 덕분에 〈쿠로이〉가 올해의 사연까지 이어질 수 있었지 않았나. 나는 그렇게 믿어 의심치 않는다.

지금까지의 성실하고 건강한 긍정을 주특기로 앞으로도 황두현이 대극장과 대학로, 두 공연계의 모든 라운드를 석권하는 챔피언이 되기를 나는 기원한다.

글로벌콘텐츠랩
한 사람

한 사람의 가치
전 세계인의 마음을 사로잡은 K-콘텐츠.
그 시작은 서로 다른 이름의 '한 사람'입니다.
한 사람의 비전과 한 사람의 열정, 그리고 한 사람의 노력.
조금 서툴러도 조금 투박해도 그 속에 담긴 가치를 발견하고
그 한 사람을 소중히 생각합니다.

우리의 가치
한 사람과 한 사람이 만나 또 하나의 '한 사람'이 됩니다.
중앙대학교 문예창작학과 콘텐츠 전공 석박사 재학생으로 구성된 〈한 사람〉은
드라마, 영화, 다큐, 애니메이션, 방송, 뮤지컬, 게임, 웹툰 등 다양한 장르의 문화콘텐츠를
기획하고 창작하고 비평하고 연구하고 있습니다.
글로벌 콘텐츠를 향한 특별한 의미와 특별한 의지로
문화예술의 새로운 지평을 엽니다.

세상의 가치
사랑은 함께 할수록 점점 더 커집니다.
스승은 제자를, 선배는 후배를, 나는 너를, 우리는 세상을, 오늘은 내일을, 사랑은 나눔을.
우리는 예술을 통해 보다 나은 세상 만들기를 꿈꾸는 사람들입니다.
'한 사람'의 가치 있는 콘텐츠로
나의 미래를 바꾸고
우리의 미래를 바꾸고
세상의 미래를 바꿉니다.

제1기
문화콘텐츠비평 〈한 사람이 있다〉
편집장 이신영
편집위원 왕신연 최다정
필진 권혜지 김윤아 김채경 남은혜 왕신연 이신영 이지우 이효진 장유솔
  최다정 최보인 최예림 하맹한 김민정

제2기
문화콘텐츠비평&미니픽션 〈상상하는 몸〉
편집장 이신영
편집위원 이지우 권혜지
필진 권혜지 국염 김동현 김윤아 김채경 김희원 왕신연 유재영 윤주원
  이신영 이지우 장유솔 최다정 하선영 김민정

제3기
문화콘텐츠비평&미니픽션 〈난 매일 밤 넷플릭스를 본다〉
편집장 이지우
편집위원 최예림 김희원
필진 김윤아 김은정 김채경 김희원 서민아 성승환 요안나 유재영 이신영
  이지우 최다정 최예림 하선영 김민정

제4기
문화콘텐츠비평 〈청소년 관람불가.zip〉
편집장 김윤아
편집위원 이미령 서민아
필진 김윤아 이미령 서민아 국염 김은정 김희원 성승환 엄홍경 왕신연 요안나
  유재영 이신영 이지우 장유솔 천희진 최다정 홍다원 하선영 김민정

제5기
한사람앤솔러지 〈브로큰 러버스〉
편집장 하선영
필진 김은정 이미령 요안나 이지우 최다정 하선영

제6기
인터뷰집 〈쿠로이 저택엔 한사람이 살고 있다〉
편집장 성승환
필진 고지민 김남훈 김은정 김채린 김희원 서민아 성승환 요안나 유재영 이서현 이수빈
  이지우 이지혁 이회빈 장유솔 전혜린 정찬영 천희진 최다정 최예림 홍다원 김민정

**쿠로이 저택엔
한사람이 살고 있다**
한사람 시리즈 6

1판1쇄 2025년 8월 25일

지은이 고지민 김남훈 김은정 김채린 김희원 서민아 성승환 요안나
  유재영 이서현 이수빈 이지우 이지혁 이회빈 장유솔 전혜린
  정찬영 천희진 최다정 최예림 홍다원 김민정
북커버 하선영
펴낸이 모영철
펴낸곳 모랑
기획 김민정
에디터 장철한 진준걸
마케팅 박윤필 이현애
제작 정대영
인쇄 한국학술정보㈜
출판등록 제25100-2016-000042호
주소 서울 동작구 서달로12길 69-17
전자우편 morang.books@gmail.com

ⓒ 고지민 김남훈 김은정 김채린 김희원 서민아 성승환 요안나
  유재영 이서현 이수빈 이지우 이지혁 이회빈 장유솔 전혜린
  정찬영 천희진 최다정 최예림 홍다원 김민정, 2025

* 이 책의 저작권은 지은이에게 있습니다.
* 이 책의 판권은 지은이와 모랑에 있습니다. 이 책 내용의 전부 또는 일부를 재사용하려면 반드시 저작권자와 모랑의 서면 동의를 받아야 합니다.
* 잘못된 책은 구입하신 곳에서 바꾸어 드립니다.
* 이 책의 인세 전액을 글로벌콘텐츠랩 〈한 사람〉과 정서적 MOU를 체결한 〈국경없는 의사회〉에 기부합니다.

ISBN 979-11-988741-3-9 04810
  979-11-968988-5-4 (세트)